講談社文庫

姫のため息

公家武者信平《のぶひら》ことはじめ㈡

佐々木裕一

講談社

目次

第一話　浪人狩り　7
第二話　姫のため息　96
第三話　再会　156
第四話　陰謀　221

姫のため息——公家武者信平《のぶひら》ことはじめ（二）

第一話　浪人狩り

一

深川《ふかがわ》の空は、青く晴れ渡っていた。

海が近い八幡宮《はちまんぐう》の門前町は、潮の香りに包まれている。

門前の船着き場には、大川を渡ってきた舟が横付けされ、参拝の客たちを降ろしている。

日本橋界隈《にほんばしかいわい》にくらべれば、深川はまだまだ未開発。下総国葛飾郡《しもうさのくにかつしかぐん》の一部であることもあり、この地が江戸という認識は、人々にない。

よって、この地に屋敷《やしき》を構える旗本や御家人たちは、

「幕府からつまはじきにされた」

と、へそを曲げる者が多く、悪に手を染める者もいる。

また、町奉行の管轄外であるため、江戸で悪事を働いた者が大川を渡ってくる。中にはここを根城にして、江戸に悪さをしに行く輩《やから》もいる。明るい道を堂々と歩けぬ者が集まるこの地は、夜ともなれば、とにかく治安が悪い。

鷹司松平信平《たかつかさまつだいらのぶひら》は、そんな辺鄙《へんぴ》な町中を、今日も涼しげな顔で歩いていた。

立烏帽子《たてえぼし》を被《かぶ》り、鷹司牡丹《ぼたん》の模様が入った白い狩衣《かりぎぬ》を着て、藤色の指貫《さしぬき》を穿《は》いている。

公家《くげ》、鷹司信房《のぶふさ》の子でありながらも、庶子《しょし》であるため門跡《もんぜき》寺院に入るしかなかった信平は、十五になると京の都を捨てた。前《さき》の将軍、徳川家光《とくがわいえみつ》の正室になっていた姉の孝子《たかこ》を頼り、江戸にくだったのだ。

家光公から五十石を賜り、将軍家直参旗本として深川の地に暮らして年月が経《た》つ今、地元の人々は、狩衣姿の信平を見慣れているので驚きはしない。だが、腰に鶯色《うぐいすいろ》の宝刀狐丸《きつねまる》を差して歩む姿を初めて見た参拝客は、皆、一旦は足を止めて、この雅《みやび》な若者に見とれる。

その視線を気にすることなく進む信平は、共に歩む剣友、増岡弥三郎《ますおかやさぶろう》の誘いに乗り、門前町の茶店に立ち寄った。

信平は、この茶店に来るのは初めてだ。門前に店を出して間がないというが、参拝客で繁盛しているらしく、ひっきりなしに客が入れ替わる。

弥三郎は、ここの草餅が好きだと言うだけあって、

「いつものやつ五つと、濃い目の熱い茶を頼む」

と、笑顔で小女に注文し、帯から刀を外して長床几《しょうぎ》に腰かけた。

折《お》敷《しき》を持った小女は、早くも常連面をする弥三郎に愛想笑いで応じ、恥ずかしそうな顔を信平に向ける。

「何になさいますか」

弥三郎に対するより明らかに優しい声の小女に、信平は飄々《ひょうひょう》と言う。

「ひやっこいを頼む」

小女がきょとんとして、弥三郎が吹き出した。

吹き出しておいて、

「白玉のことだ」

と、代弁した。

信平は、ひやっこい、ひやっこい、と、唄いながら売り歩く行商を見ていて、お椀《わん》に入れた透明な汁に、丸い餅のような物を浮かせたのを子供たちが美味《おい》しそうに食べ

ていたので、いつか自らも食べてみたいと思っていたのだ。

ここならあるかと思い言ってみたのだが、ひやっこい、ではなく、白玉という物らしい。

だが、小女は、申しわけなさそうに言う。

「お公家様、白玉は先月で終わりました。今は風がすっかり冷たくなりましたから、熱いお茶と草餅はいかがでしょうか」

どうやらひやっこいは、季節物の菓子らしい。

「では、そういたそう」

「はい」

「餅は、ひとつでよい」

「ありがとうございますぅ」

小女は唄うように言い、奥へ入っていった。

程なく運ばれてきた草餅は、柔らかな餅に包まれたあんこが程よい甘さで、ほのかによもぎの香りがする絶品だった。

「どうだ、旨《うま》いだろう」

弥三郎がぺろりと三つ腹におさめて言い、残りはじっくり味わって食べている。

弥三郎いわく、甘い物が苦手な者でも、友林堂《ゆうりんどう》の草餅は食べる、という評判が広がっていることが、この店の自慢らしい。

「これからも友林堂をごひいきに」

看板娘の小女が科《しな》をつくって言うものだから、信平が応じる前に弥三郎が返事をして、鼻の下を長くしている。

海風に乗って荒々しい声が聞こえてきたのは、その時だ。

「なんだぁ」

と言う弥三郎につられて、信平が河岸を見ると、大勢の役人を乗せた舟が着いていた。

先に降りた役人が、船上の配下に、何やら指示を出している。

陣笠《じんがさ》に羽織袴《はおりはかま》姿で、十手《じって》を帯びているところを見ると、江戸町奉行所の与力《よりき》だろうか。

この地はいずれ、町奉行所の支配下になるという噂《うわさ》はあるが、まだのはず。何ごとかと思いながら見ていると、

「江戸から、よほど凶悪な咎人《とがにん》が逃げてきたのかもしれぬな」

弥三郎が、餅を食べるのも忘れて言う。

上役の指示に従って舟から降りてくるのは、着物の裾を端折《はしょ》り、籠手《こて》と臑《すね》の防具を着け、鉢巻をして長十手を持った同心《どうしん》たち。突棒《つくぼう》や刺股《さすまた》を持った小者たちがそれに続き、ものものしい雰囲気で、信平たちがいる友林堂のほうへ向かってくる。

厳しい表情をした与力の後ろに続く同心の中に、五味正三《ごみしょうぞう》のおかめ顔を見つけた信平は、手を上げた。

役務中のためか、気付いた五味は、うなずいただけで信平の前を通り過ぎ、奉行所の一行は、めし、と名が入った、ちょうちんをぶら下げた店の前に集まった。

「それ！」

号令した与力に従い、一斉に踏み込む。

「なんだ、何ごとだ」

弥三郎が草餅と湯飲みを持って通りに歩み出て、めし屋に近づいていく。

わっと声があがったと思うやいなや、数人の役人が外に転げ出て、突棒を店に向けて構えた。

戸口から白刃が出てきた。続いて現れたのは、険しい顔の浪人者。

油断なく目を配る浪人の背後に、背中合わせになっている仲間がいる。

先に出た髭面《ひげづら》の浪人は表を、背中合わせになっている仲間は、店の中を威嚇《いかく》しながら、その場から逃げようとしている。

そうはさせじと、指揮を執《と》る与力が怒鳴る。

「御用だ！　神妙にいたせ！」

「どけい！」

髭面の気合に、与力はびくりとなり、同心も小者たちも腰が引けている。

「拙者は帰る。邪魔をすると、斬るぞ！」

髭面が怒鳴り、刀を振るった。

小者たちは下がったが、与力は引かぬ。

「逆らうとは、ますます怪しい奴《やつ》」

「黙れ！　我らはこう見えても、町方に睨《にら》まれるような悪事を働いた覚えはない！」

「ならば神妙に、御上《おかみ》の調べを受けられい！」

「無礼者に従うつもりはない！」

あくまで逆らう浪人に、与力が苛立《いらだ》ち、

「かまわん！　取り押さえろ！」

と、号令した。

突棒や刺股が囲む背後から、鉤縄《かぎなわ》が幾本も投げられ、浪人の着物の袖や帯にからみつく。

「おのれ！」

刀を振るおうとしたが、鉤縄を引かれて思うように動けない。

「今だ！」

号令で、小者たちが一斉に迫る。

髭面の浪人は、刺股で腕を押さえられ、突棒で足や肩をたたかれ、地べたに押さえ込まれた。

それを見たもう一人の浪人は、抵抗しても無駄だと観念したか、刀を鞘《さや》に納め、その場に座り込んだ。

「それ、縄を打てい！」

俄《が》然《ぜん》勢いづいた与力の命で、同心や小者が浪人を囲み、縄を打つ。

ふて腐れる浪人を引き連れて戻る一行と別れた役人たちは、さらに町の探索を続けた。

「なんだか物騒で、やだねぇ」

信平の近くにいた客たちがそう言って、眉《まゆ》をひそめている。

戻ってきた弥三郎が、一口茶を飲んで言う。

「五味殿に聞いた。御上はここのところ、浪人者を捕らえているらしい。江戸だけじゃなく、深川と本所《ほんじょ》にいる者も根こそぎらしいから、大変だぞ」

「なんのために、浪人を捕らえるのだろうか」

信平が疑問に思っていると、弥三郎がおもしろくもなさそうに言う。

「先ほどの者は悪人には見えなかったが、浪人の中にはとんでもない奴がいるからな。特にこの深川は、たちが悪いのが多いから、ああやって捕らえて、素性を調べるのだろう。江戸城下を、綺麗《きれい》にするのさ」

「綺麗に、な」

信平は、奉行所、いや、公儀のやり方に賛同できなかった。

浪人をこの世に出したのは公儀ではないか。多くの大名を取り潰し、何千、何万という藩士たちが糧《かて》を失った。食うに困った浪人たちが悪の道に身を落とすきっかけを作ったのは、公儀なのだ。

捕らえてどうするのか知るよしもない信平であるが、強引な気がして、捕らえられた浪人の身を案じずにはいられなかった。

二

弥三郎と別れ、屋敷に戻っても、胸のもやもやは消えなかった。

囚《とら》われた浪人たちはどうなるのか。

それぱかりを考えていると、

「殿、いかがなされた」

葉山善衛門《はやまぜんえもん》が、心配そうに訊《き》いてきた。

「いや、なんでもない」

「嘘《うそ》をおっしゃい。箸《はし》が止まっておりますぞ」

気付けば、茶碗《ちゃわん》を持ったまま箸を止めて、お初《はつ》の手料理が並ぶ膳《ぜん》を見つめていた。

「お口に合いませぬか」

共に食事を摂《と》っているお初に見つめられ、信平は首を振る。

お初は善衛門と目を合わせ、信平を心配している様子。

膳には、新鮮な鯵《あじ》をたたいて酢味噌《みそ》とねぎを加えたなますと、茄子《なす》の田楽《でんがく》、お初自慢の味噌《みそ》汁《しる》が並び、貧しくとも一汁二菜を保ち、しかも、味は天下一品。特に鯵のなますは、酢味噌とねぎの香りが口に広がり、鰺の甘みを引き出した大人の味。口に合わぬどころか、なますで飯を三杯もおかわりすると、お初は嬉《うれ》しそうに給仕をしてくれた。

食後のお茶で一息ついたところで、今日の捕り物を二人に話して聞かせた。浪人たちがどうなるのか、気になっていたのだと打ち明けた。

すると善衛門は、考える顔となり、口をもぞもぞと動かしている。

何か食うておるのか、と、言いたい気持ちを抑えた信平が、気長に待っていると、

「それは、浪人狩りですな」

と、善衛門はぼそりと言う。

「浪人狩り？」

「さよう。由井正雪《ゆいしょうせつ》の乱はご存じですな」

「うむ」

「その残党が、恨みを晴らすため江戸に入ったという噂がござる」

警戒した公儀が、江戸の町を隅々《すみずみ》まで把握している奉行所に命じて浪人を片っ端から引っ張り、素性《すじょう》を調べているのだという。

信平は知らなかったが、ひと月前からはじまっており、それらしき輩が見つからぬ

まま今日にいたり、この深川にも探索の手が伸びたのだ。

信平は不思議に思い、考え込んだ。

今より二年前の秋に、軍学者、由井正雪が起こした事件は、三代将軍家光公が死去した直後に起きた。

家光政権下、武家諸法度《ぶけしょはっと》に少しでも違反する者は容赦なく処罰し、公儀によって多くの大名小名が取り潰され、あるいは減封《げんぽう》されて、生活に困窮する浪人が全国にあふれた。

生きるために悪の道に身を落とす者が急増し、日《ひ》ノ本《もと》中の治安が悪化した。にもかかわらず、それに対する政策を何も出さぬ徳川幕府に、由井正雪は不満を抱いたのだ。

このままでは、国が潰れる。

不満と不安を抱いた正雪は、多くの同志を集め、徳川幕府の転覆《てんぷく》を謀《たばか》った。しかし、決行の直前になって、一味に加わっていた密偵の情報により公儀が先手を打った。由井をはじめとする同志たちは、ことごとく捕らえられ、自害または処刑されたのだ。

確かに、由井の一味は根絶やしにされたはずであるが、

「残党が、いたか」

と、信平は、ため息混じりに言った。

善衛門はうなずき、茶を一口飲んだ。そして言う。

「首謀者をはじめ、主立った者は根絶やしにされましたが、末席の小者までは、おそらく手が伸びておりますまい。いや、小者ではなく、由井から軍学を学んだ有力者が、まだいるのかもしれませぬぞ」

「だとすると、厄介だ。その者たちは、探索の手から逃れるために、武家の身なりをしておらぬかもしれぬ」

「それは、考えられます」

「狙いはやはり、幕府の転覆か。それとも、裏切った者への復讐《ふくしゅう》であろうか」

こう述べた時、善衛門がはっと目を見開いた。

「殿、まさか、紀州《きしゅう》様を案じておられるのか」

「麿《まろ》は、由井の謀反《むほん》に、頼宣《よりのぶ》侯が加担していたとは思うておらぬ」

「おっしゃるとおり、あってはならぬことです」

「だが、裏切られたと思うている者もおろう」

信平は、肩を怒らせる善衛門から視線を転じ、庭を見た。

日暮れ時ともなると一段と肌寒くなり、澄んだ空気の中で、こおろぎの声がひときわ耳に響く。

「信平様、湯殿《ゆどの》の支度が整いました」

一人で家事をこなすお初が呼びにきた。

「あいすまぬ」

つい気兼ねをしてしまうのは、お初は己《おのれ》が雇う女中ではなく、老中、阿部豊後守忠秋《あべぶんごのかみただあき》の家来であり、公家の出である信平の監視役を兼ねて、この屋敷に共に暮らす者だからだ。

それは善衛門も同じであり、元は、将軍家光公のおそばに仕え、雑務をこなしていた二千石旗本。屋敷は江戸城の西を守る番町にあるが、若くして最愛の妻を亡くし、以来独り身を通したため子がいない。今は甥《おい》の正房《まさふさ》に家督を譲っているので気ままなご隠居なのだが、将軍家光公から信平の監視を命じられ、当代家綱《いえつな》公の世になってもお役目を解かれぬため、こうして共に暮らしている。

今ではすっかり信平に情が芽生え、家来でもないのに殿と呼んで、まだ顔も知らぬ信平の新妻、松姫《まつひめ》を迎えるために千石取りに出世しろと、尻をたたくのであった。

信平の妻、松姫は、紀州徳川家の姫である。松姫の父、大納言《だいなごん》頼宣は、将軍家綱の命で仕方なく、愛娘《まなむすめ》を信平に嫁がせた。だが、仮病を使って松姫を屋敷に囲い、本人不在のまま祝言《しゅうげん》を挙げさせるという暴挙に出た。そして、江戸城で信平を捕まえて、僅か五十石の貧乏旗本になど娘は渡せぬ、と言い、千石取りに出世するまで上屋敷《かみやしき》に預かると言ったのである。

善衛門が出世を急がせるのは、無礼千万な頼宣に腹を立てたからであるが、それは小さきこと。無礼なことを言われて怒らぬ信平ののんびりさに呆《あき》れ、このままでは、いつまでも五十石のままだと、焦ったからに他ならない。

信平が、妻とはいえ顔も知らぬ姫と暮らすことに興味がないことを、善衛門は気付いていないのである。

ま、それはそれとして——。

湯の支度をしてくれたお初に礼を言った信平は、風呂に入った。

湯に浸《つ》かって考えるのは、今日の捕り物のことだ。

なぜこうまで引きずるのか自分でも分からぬほど、連行される浪人たちの、悔しみと悲しみに満ちた顔が、頭から離れぬ。

あの者たちは、主家がお取り潰しになるまでは、主君に忠誠を誓い、身を粉にして働いていたはず。武士であることを誇りにして、その誇りを活力にして生きてきたはずだ。

その誇り高き武士が、浪人、という理由だけで、白昼のしかも人前で、町奉行所の役人にお縄を掛けられたのだから、これほどの屈辱はあるまい。

善衛門が言ったように、謀反を未然に防ぐための手段であろうが、あれでは、幕府に恨みを持たぬ者までも、恨むようになってしまうのではないか、と、信平は懸念せずにはいられない。

そして、次に五味正三と会った時に、思うところをぶつけてみることにした。

その機会は、翌日に得られた。

朝早くやってきた五味は、決まったように膳の間に座り、お初の味噌汁を旨そうに飲んでいる。

この世で一番旨い味噌汁だと褒《ほ》めるので、お初も悪い気はしないとみえて、つんとすました顔をしてはいるが、黙って給仕をしてやっている。

家計を気にする善衛門は、飯代を払えと言いたいところをぐっとこらえているのだろう。五味が飯をおかわりすると、眉をぴくりとはね上げ、わざとらしい空咳《からせき》をしている。

信平は頃合いを見て、話を切り出した。

「昨日の捕り物のことだが、まことに、江戸中の浪人を捕らえているのか」

五味は汁をすすり、ええ、と、素っ気なく答えた。

信平がさらに問う。

「浪人狩りと、言われているそうだな」

五味は表情を厳しくした。

「浪人狩り、か。確かに、狩りと言えば狩りですな。江戸中の浪人を捕らえろというのだから、御上も無茶をさせますよ。おかげで、牢《ろう》屋敷は浪人であふれて、他の咎人を入れる場がないので困っているそうです」

「調べを終えた者から、解き放しているのではないのか」

「本命ともいうべき野郎が見つかるまでは、出さない決まりです」

「本命？」

「謀反の噂があるのです」

「では、首謀者は判明しているのか」

五味は首を振った。

「それが分からないから、片っ端から捕らえているのですよ」

「では、すでに捕らえている者の中に、首謀者がいるということはないか」

「その話は出ていましたけどね、首謀者の人相も姿形も分からないのですから、調べようがない。だから、みんな捕まえてしまえと、こうなったわけです」

「浪人に的をしぼっているようだが、身なりだけで人を判断して捕らえるのは愚かなことだと、麿は思うぞ」

「…………」

五味は熱いお茶をすすり、信平を見た。その先を聞こうか、という目顔をしているので、信平は遠慮なく、思っていることを言った。

「浪人にも、武士の誇りがあろう。人前で罪人扱いされて、公儀を恨まぬかと案じている」

五味はうなずいた。

「おれもそのことは心配なのです。奉行所でも、常に話題になっていますが、御奉行は、不穏な動きがあるのだから、公儀の命令に黙って従えとおっしゃいます。顔見知りの者が、浪人というだけで捕らえられた時は、悲しくなりました。何か他に、よい手はないものかと、毎日考えているところです」

「まだ首謀者が捕らえられていないなら、浪人狩りがはじまった今は、身なりを変えているのではないだろうか。浪人者以外にも、目を向けるべきと思うが」

「手がかりもなしに、この広い江戸に潜む輩を見極めるのは難しいのです。まずは浪人を捕らえ、首謀者のなんらかの情報を得ようと、躍起《やっき》になっているのです」

「それもそうか」

信平が納得すると、五味が表情を崩した。

「などと偉そうなことを言っていますがね、いざこうして浪人に意識を向けてみれば、その数の多さに驚くばかりです。まともに働いている者もいれば、やくざの用心棒をしている者もいる。生活に困ってのことでしょうが、中には女郎屋の風呂焚《た》きをして、下男のような暮らしをしている者もいるのです。まあ、その者たちはまだましなほうで、先日などは、捕まえてみれば女物の着物を持っているので追及したところ、空き巣をしていました。御上はさすがに、捕らえた浪人すべてに腹を切れとは言わないでしょうから、いずれ解き放つにしても、本気で浪人たちのことをなんとかしないと、江戸の治安は、いつまで経っても良くならないでしょうね」

五味はお茶をぐっと飲み干して、長い息を吐いた。そして続ける。

「食えなきゃ自暴自棄になって、幕府に逆恨みする輩が出ても、不思議じゃない」

と、そう言っておいて、鷹司家の出である信平をちらりと見て、失言を撤回するように咳ばらいをした。

本来なら、膝をつき合わせることも許されぬ身分差の二人であるが、友人の約束を交わした仲であるため遠慮はない。

「上様とて、知らぬ顔をしておられるわけではない。いろいろと、考えておられる」

と、善衛門が口を挟むと、五味は笑った。

「ご隠居、見たようなことを言いますね」

元は将軍家おそばに仕えた御目見《おめみえ》以上の身分とは知らずに、五味は善衛門にそう言った。

善衛門が口をむにむにとやる。

「隠居とは無礼な」

「おや、違うので」

「あたりまえじゃ。こう見えてもわしは……」

将軍の命で信平の監視をしているなど言えるはずもなく、ため息をついた。

「まあよい、わしのことは。それよりおぬし、ここでただ飯を食らって油を売っている暇はなかろう。ほれ、謀反人を捕まえに行かぬか」

「はいはい」

五味は素直に応じて立ち上がり、自分はこのあたりの空き家の探索をしているから、不審な輩を見たら番屋に知らせてくれと言って、役目に戻った。

三

それから三日が過ぎた。

深川一帯は、濃い朝霧に包まれていた。

裏木戸から路地に出たお初は、まだ人通りのない道の片すみに立ち、このあたりを縄張りに回っている、豆腐の棒手振《ぼてふ》りを待っていた。

「とぉうふぅ、とぉふはいらんかぁ」

と唄う老翁《ろうおう》の磯助《いそすけ》が売る豆腐は、ふんわりと柔らかいのに型崩れしにくく、味もよいので味噌汁に入れると美味しい。

いつだったか、磯助が風邪で寝込んだ日に別の豆腐屋から買った物を出した時、信平が、

「今日は、いつもと違うような」

と、言い当てるほど、磯助の豆腐は、鷹司松平家の食卓に欠かせなくなっている。

その磯助の声が、今朝は聞こえない。いつもなら、家々から朝餉《あさげ》の支度をする煙が

上がる頃には、明るい声が聞こえはじめるのだが、

「あら、今朝はお休みかしらねぇ」

顔見知りの下女がそう言って微笑《ほほえ》むと、会釈をして、堀川のほうへ歩みだした。あっさりあきらめて、別の豆腐屋で買うつもりなのだ。

お初とて、いつまでも待つわけにはいかない。仕方ないから、今朝はねぎとわかめだけで味噌汁を作ろうと決めて、屋敷に戻ろうとした。

その時、路地の先にある辻《つじ》の角から、人影がよろよろと出たのが目にとまった。よく見ると、磯助と、一人は見知らぬ男だった。

磯助は、老いて痩《や》せ細った肩で男を支え、大事な豆腐を入れた盥《たらい》を吊《つ》るした棒を片方の肩に器用に掛け、苦しげに顔を歪《ゆが》めて、よろよろと歩んでいる。

「磯助さん、どうしたの」

お初が、声をかけながら駆け寄ると、磯助は前歯が抜けた口をにんまりとさせて、優しげに笑った。

「ああ、お初さんかい。どうもこうも、この人が道端で苦しそうに唸《うな》っていたもんだから、この先の、元安《げんあん》先生の所へ連れて行こうと思ってね」

男は浪人のようだが、真っ青な顔をして、腕から血を流している。

かなりの深手。

お初は一目で、そう判断した。

しかし、元安という医者の家は、ここからまだ離れている。浪人の様子では、とても歩いて行けそうにはない。

お初がそのことを言うと、さすがの磯助も困った顔をした。

「それじゃ、お初さん、この近くに医者はいねえかな」

「磯助さんのほうが詳しいでしょう」

「あ、そうだった。困ったな、近くにはねぇぞ」

磯助が、先に行こうか迷っているあいだも、お初は浪人を見ていた。

この男は、浪人狩りから逃げたのだろうか。

そう思ったお初は、番屋に知らせるべきか考えた。

「中へ、入れてやりなさい」

お初の背後から声をかけたのは、信平だ。裏庭の井戸に顔を洗いに出た時に声を聞いて、裏木戸から出てきたのだ。

振り向くお初に、

「さ、人が来ぬうちに」

信平は急がせる。

お初は、信平のお節介を懸念しながらも、磯助から豆腐の担ぎ棒を預かり、中に入るよう促した。

「や、これは、いかがしたのです」

裏庭から表に回っていると、気付いた善衛門が出てきて、怪我人《けがにん》に困惑している。

「殿、その者はもしや……」

浪人ではないか、という目顔を、信平に向けた。

「道端で倒れていたらしい。怪我をしているので助けた」

信平は、表の八畳間に布団を敷くよう言った。

「た、畳が汚れてしまいます。拙者は、こ、ここで結構」

意識が朦朧《もうろう》としながらも、遠慮した浪人が濡《ぬ》れ縁《えん》に座ろうとするのを止めて、無理やり座敷《ざしき》へ上げた。

腕と腹に傷を負っているが、幸い腹からの出血は止まっている。だが、腕の出血が多い。

痛みのせいか、血を流し過ぎたせいか、浪人は震えている。

「これ、しっかりいたせ。武士がこれくらいの傷で震えてどうする」

善衛門が叱咤《しった》し、お初が腕に血止めの薬を塗り、さらしをきつく巻いて処置を施した。

「よう助けたな、磯助」

信平が褒めてやると、

「へっ？　へい」

信平の正体を知らぬ磯助が、若侍に褒められて困惑していたが、

「善衛門が褒美を取らす」

と言うと、磯助は目を丸くした。

「ほ、褒美をいただけるので？」

「うむ。善衛門がくれる」

褒美を出せるほど金子《きんす》を持っていない信平が、つるりとした顔で言うと、

「何ゆえそれがしが……」

善衛門はぶつぶつ言いながらも、懐紙《かいし》に銭を包んだ。

磯助は、両手で押しいただき、

「こりゃどうも、ありがとうございやす」

懐《ふところ》に押し込んで、ぺこぺこ頭を下げた。

「磯助、このこと、他言無用にな」

信平が言うと、

「へい、分かりやした」

快諾し、そそくさと仕事に戻っていった。

「か、かたじけのうござる」

浪人が力のない声で言い、お初が腹の傷の手当を終えるのを待って、改めて名乗った。

「拙者、別所左衛門《べっしょさえもん》にござる。信州《しんしゅう》、上田《うえだ》の生まれにござるが、今はわけあって、深川に暮らしております」

名前と国まで言うところを見ると、決して、怪しい者ではないと言いたいのであろう。

「誰に斬られたのだ」

信平が訊くと、別所は返答を躊躇《ためら》ったが、仰向けのまま天井を見つめ、身の上話からはじめた。

それによると、別所は五年前までは、信州上田のさる藩の江戸上屋敷にて仕えていたのだが、藩の取り潰しによって浪人になっていた。江戸から離れず、今はこの近くの長屋に妻子と暮らし、湿地埋め立ての普請場《ふしんば》で、僅かばかりの日銭を稼いで生計を立てている。

今朝も、いつものように仕事に出かけたのだが、御先手組《おさきてぐみ》の者たちに呼び止められ、こちらの不承知にかかわりなく連行されそうになったので抵抗したところ、斬られたという。剣術には自信があるらしく、相手が二人だったので、必死に抵抗し、なんとかその場から逃れてきたらしい。

「相手を斬ったのか」

善衛門が険しい面持ちで訊くと、別所はかぶりを振った。

「いえ、斬ってはおりませぬ」

「そうか、それは良かった。しかし、奉行所だけでなく、先手組も浪人狩りに出ておるとは……」

善衛門が言うと、別所は驚いた。

「浪人狩りとは、なんでござるか」

「今起きていることを知らぬのか」

善衛門がそう訊くと、別所は、浪人狩りのことをまったく知らなかった。

「あのまま連れて行かれていたら、どうなっていたのでしょうか」

「牢に入れられていた。潔白の者とて、いつ出られるかも分からぬようじゃ」

善衛門がそう教えると、別所が痛みに耐えて起き上がろうとした。

「待て、無理をしてはならぬ」

信平が止めると、別所は焦った顔で言う。

「相手は御先手組です。ここにも追っ手が来ましょうから、迷惑がかかっては申しわけない」

「その身体《からだ》で出歩けば、すぐに捕まるぞ」

「しかし……」

「ごめん！」

表に訪《おとな》う声がしたのは、その時だった。

「御上の御用でござる！　開門！」

善衛門がため息を吐《つ》き、

「さっそく来たようですな」

と、面倒そうに言う。

立ち上がって応対に出ようとするのを、信平が止めた。

「麿が出よう。この者が無理をせぬよう見張ってくれ」

「何をおっしゃいます。ここは、それがしが」

「よい」

信平は善衛門を座らせ、身支度をせぬまま表に出た。

自ら冠木門《かぶきもん》を開けると、籠手と臑当、胴具を着けた重装備の侍が五人ほどいて、厳しい顔をして立っていた。

信平の寝起き姿に、目を上下させた男が、

「先手組与力の筒井《つつい》と申す。このあたりに手負いの浪人者が逃げ込んだのだが、ご存じないか」

探る眼差《まなざ》しを向ける。

信平と、さほど齢《よわい》が離れておらぬように見えるが、与力というだけあって身なりもきちんとしており、表情に隙《すき》がない。嘘偽りも即座に見抜く眼力があると、信平は思った。

「いかがか」

催促されたので、

「さあ、知らぬな」

と、信平は、堂々ととぼけた。

すると、筒井が意地悪そうに薄笑いを浮かべて言う。

「それは妙ですな。浪人のものと思われる血が裏木戸に続いておりますが」

「さて、知らぬ」

とぼける信平に、筒井は鋭い目を向ける。

「お見受けしたところ、今起きられたご様子。庭に潜んでおるやもしれぬゆえ、通していただけるなら我ら先手組がお調べいたすが、いかがか」

「それには及ばぬ。もしそのような者が入り込んでおれば、麿を監視する者がすぐさま成敗《せいばい》いたしておろうが、騒ぎは起きておらぬ」

「ま、まろ？」

「…………」

「失礼ながら、貴公の名をお教えいただきたい」

「鷹司松平、信平じゃ」

「た、たか……」

ぎょっとした筒井が、背後にいる同心を押して下がった。

信平の身分を知る筒井は、頭を下げた。

「こ、これは、とんだご無礼を！」

「よい。何か異変があれば、ただちに知らせようぞ」

「はは。おそれいりまする」

筒井は、配下を率いて立ち去った。

信平が門を閉めると、辻の角で立ち止まった筒井が、配下を集めた。

「どうも、怪しい。裏木戸の血は、逃げた浪人のものとしか思えぬ」

筒井が言うと、配下の一人が言う。

「踏み込みますか」

「たわけ、相手は将軍家の縁者だ。下手をすると切腹ものだぞ」

同心は、質素な冠木門を見ていぶかしむ。

「そのようなお方が、何ゆえこのように粗末な屋敷におられるのです。遠い縁者なのですか」

「亡き家光公の御正室、本理院《ほんりいん》様の弟君だ」

「ええ！」

同心は驚き、もう一度冠木門を見ている。

「あまりに粗末な扱い……」

気の毒そうに言う同心であるが、思い直したように筒井に顔を向ける。

「では、このまま見逃すのですか」

「逃がしはせぬ。岸本《きしもと》、戸田《とだ》の二人は、ここへ残って様子を探れ」

「はは」

信平を気の毒だと言った岸本と、同輩の同心を残した筒井は、他を探すと言い、町中へ走り去った。

四

信平とて、油断はせぬ。

監視の目があることを察知して、部屋に戻った。

「表と裏に、見張りが付いたようだ」

「さすがは先手組、鷹司松平家に見張りを付けるとは、一筋縄にはいかぬ手強《てごわ》さですな」

善衛門が感心して言う。

先手組とは、将軍が市中へ出る時は先回りして警備体制を敷き、怪しき者は即座に排除する者たちだけに、勘は研ぎ澄まされている。

主に民事を扱う町奉行所とは違い、将軍家お膝元の警備を担う先手組は、反乱を企てる者に対する取り締まりは容赦なく、疑われて捕まれば最後、死ぬより辛《つら》い拷問に掛けられる。

その先手組が、別所をどのように怪しいと感じたのか。

信平は、布団の上で震える手負いの浪人に興味を抱いた。

毎日朝から晩まで、埋め立ての普請場で働いているせいか、顔は赤黒く日に焼け、着ている物は清潔そうだが、ところどころに継ぎ当てがしてあり、暮らしの苦労をうかがわせる。

「家族がいるのだったな」

問う信平に、別所は顔を向けた。

「はい、妻と、息子が一人おります」

月代《さかやき》が整えられているのは、妻が世話をするからだろう。枕元には脇差しのみが置かれ、大刀は帯びていなかった。袴を股立《ももだ》ちにし、襷《たすき》を掛けていたのは、普請場に働きに行く途中だったからに違いない。

懸命に働く姿を想像した信平は、帰りを待つ家族のためにも、助けてやりたいと思った。

善衛門が言う。

「別所殿、先手組の調べが普請場に及べば、住まいが分かりますぞ。このままでは妻子が捕らえられるが、いかがいたす」

「それは、心配ござらぬ。長屋の場所は、普請場の者には教えておりませぬ」

「共に働く者とは、付き合いをせぬということか」

「はい」

人付き合いが苦手だと笑う別所を見て、信平は、この者の頑《かたく》なさを感じていた。普請場で働きながらも、共に働く者たちとは一線を引き、武士の誇りを守っているのだろうと思った。妻子を養うために汗水流して働きはするが、庶民と交わる気がないのだ。

「このようなことになっても、武士は捨てられぬか」

信平が言うと、別所の震えが止まった。信平に言われるまでは、考えもしなかったのだろう。真《ま》っ直《す》ぐ天井を見つめる目は、先ほどまでとはまったく違う力が宿り、何かを決意した目に変わっていた。

この場で答えを求める気など、まったくない信平は、黙り込んでいる別所に言う。

「せめて血が止まるまでは、ゆるりとされるがよい。ここを抜け出す手は、そのうちに考えよう」

「ご迷惑を、お掛けします」

別所は、辛そうに目を閉じた。

信平は善衛門に目配せすると、部屋から出た。

膳の間で遅い朝餉を摂ったのだが、善衛門が不機嫌そうな鼻息を何度ももらし、黙然と食べている。

浪人者を匿《かくま》い、幕府の命令で動いている御先手組を騙《だま》したのだから、機嫌が悪いのは当然だ。下手をすると、命が危ういことになりかねないのに、当の信平は、そのようなことをまったく気にする様子がない。

お初は、豆腐を買いに出たことで、別所を助けることになってしまったと思っているのか、善衛門の様子をうかがうだけで、今朝はしおらしい。

善衛門のお椀が空になるのを見計らって、

「おかわりを」

と、手を差し伸べた。

いつもと違うお初の態度にぎょっとした善衛門が、

「う、うむうむ。そうか、すまぬな」

なんだか嬉しげに、お椀を渡した。

いささか気分を良くした善衛門が、

「殿、これからどうするおつもりでござるか」

と、目を見ないで訊く。

信平は、ゆるりと箸を置き、善衛門を見た。

「あの者が、公儀に対する復讐ごとに関わっているとは思えぬゆえ、日が暮れるまでには、妻子のもとへ返してやりたい」

「御先手組は、そう易々《やすやす》と見張りを退《ひ》かせませぬぞ」

「そのことだが、麿に考えがある」

信平が手立てを告げると、

「なんと……」

善衛門が驚き、お初と顔を見合わせた。

信平もお初を見る。

「お初」

「はい」

「麿が申したこと、頼む」

お初はちらりと善衛門を見たが、

「はい」

と、素直に応じた。

そして刻《とき》が過ぎ、日が西にかたむきはじめた頃、お初は買い物に行くため屋敷から出た。御先手組の目が光る中、通りを歩み、尾行がないことを確かめて先を急ぐ。

さらに日がかたむき、西の空があかね色に染まる頃になって、青物を入れた笊《ざる》を抱えたお初が戻り、程なく、一人の侍が信平の屋敷を訪れた。

紋付き羽織袴姿の侍は、深々と被った真新しい編笠《あみがさ》を取りもせず、冠木門から屋敷の中に入った。

表を見張っていた御先手組の者が、油断なく見張りを続けている。すると、半刻もしないうちに門扉が開き、先ほどの侍が出てきた。

来た道を引き返す侍を、御先手組の者は目で追いはすれども、声をかける気配はない。

日が沈み、あたりが暗くなった頃に、与力の筒井が現れ、同心たちに加わった。

朝から見張っていた配下のために、にぎり飯と酒を持ってくるところなど、なかなかに気が利く上役であるが、鷹司松平の名に臆《おく》し、出入りする者をすべて調べよ、と言えなかったのが、この男の弱いところ。

程なく門から出てきた狩衣姿の信平が、供の者を連れて深川の町に消え行くのを目で追うと、

「どうやら、思い過ごしだったようだ。皆の者、ご苦労であった」

そう告げて、あっさりと別所の捜索を打ち切り、江戸に帰っていった。

五

その頃信平は、供の者と永代寺《えいたいじ》裏を歩いていた。

料理屋朝見《あさみ》の、草色の暖簾《のれん》が行灯《あんどん》の明かりに浮かび、そよ吹く風になびいている。

供の者が、信平に続いて暖簾を潜《くぐ》った。

仲居に案内された座敷でくつろいでいると、女将《おかみ》のまゆみがあいさつをかねて酒を運んできた。

信平より三つ年上の女将は、相変わらず色白で、きりりとした目元が魅力的だ。

信平の歳《とし》でここに通う者は少ないだろうが、女将の優しい人柄に惹《ひ》かれて、つい足を運んでしまう。

噂では、女将は幼い頃から芸の道に生きてきた夜の強者《つわもの》で、闇の世界にも精通しており、ちょいとしたやくざの親分では手が出せないらしい。

大親分の娘だという噂もあるらしいが、信平にとっては、どうでもよいこと。

まゆみは膳から盃《さかずき》を取り、信平に差し出した。続いて、供の者に差し出して、不思議そうな顔をした。

「弥三郎様、今日はなんだか、お召し物がいつもと違いますね。よくお似合いです」

すると弥三郎は、嬉しそうな顔をした。

「信平殿にいただいたのだ」

「どうりで、見栄えが良いはずです」

女将は失言に気付き、

「すっかり朝夕が冷えるようになりましたねぇ」

と、話を変える。

気にしない弥三郎は、にこやかに応じている。

女将は、先月までの残暑が嘘のようだと、明るく言った。そう言っておいて、急な冷え込みのおかげで、良い松茸《まつたけ》が手に入《い》ったのだと微笑む。

初めに出してくれた料理は、松茸を煎り、醬油《しょうゆ》とゆずを掛けたもので、京の都では

珍しい物ではなかったが、どういうわけか、

「なんとも、美味であるな」

つい、信平の口から出た。

口調が年寄りみたいだと笑う弥三郎が、一口食べて旨いと唸ると、女将がくすりと笑い、袖で口元を隠した。

美味しいわけは旬の食材の鮮度もあるが、朝見秘伝の醬油のおかげだと女将が言う。

その他にも、鮭《さけ》の刺身や、とろっとろの焼き茄子など、旬の味を堪能《たんのう》した信平と弥三郎は、熱燗《あつかん》をちびりと舐《な》めながら談笑していた。

「いやあ、今日はほんとうに良い日だ」

すっかり気分をよくした弥三郎が、着物の袖を見て、満足そうな顔を信平に向けた。

「朝見の料理をただで食べ、酒を飲む。それどころか、このように上等な着物までいただくとはな」

店に来るなり、女将に褒められたのがよほど嬉しかったとみえる。ほんとうにもらって良いのかと訊くので、

「麿は着ぬから遠慮はいらぬ。今日は、弥三郎のおかげで助かったぞ」

と、礼を言うと、弥三郎はなんのことだと言って、口をぽかんと開けた。

「急な呼び出しに応じてくれたゆえ、こうして美味しい料理を堪能できた。礼を申す」

信平はそう誤魔化《ごまか》し、酒をすすめた。

酌《しゃく》を受けた弥三郎が、思い出したように言う。

「ところで、おれの着物は、そんなに臭かったのだろうか」

信平は、微笑んだ。

「さて……」

弥三郎は納得がいかぬ様子だ。

「なぜだろうなぁ、汗はかいていなかったのだが」

「気にするな。さ、もっと飲んでくれ」

「……………」

首をかしげながらも素直に酌を受ける弥三郎は、別所の存在を知らぬ。

別所をどう逃がすか考えた信平は、お初を買い物に行くと見せかけて弥三郎の屋敷へ走らせ、笠《かさ》を被って来てくれと、身なりを指定したうえで、屋敷へ招いていた。

信平からの呼び出しとあって、さして理由も聞かずに承知した弥三郎は、言われたとおりの格好をして来たのだが、屋敷に入るなり、

「臭い！」

と、お初が鼻をつまみ、善衛門が待ってましたとばかりに、それでは殿の部屋に上げられぬと言って、着物を無理やり脱がせ、風呂まで入らせたのだった。

脱がせたというより剝《は》ぎ取った着物の代わりに渡したのが、信平が一度も袖を通していない小袖と袴だった。

無紋ではあるが、善衛門が上等な練糸《ねりいと》で作らせた一品。

弥三郎にしてみれば、臭いなどと言われて着物を脱がされ、その上風呂にまで入らされるなど、ずいぶん馬鹿にされた話だが、これは、万が一、御先手組に計画を見破られた時に、弥三郎に累《るい》が及ばぬための策だった。

弥三郎が風呂に入っているあいだに、奪った着物を別所に着させて屋敷から出した。ということにすれば、別所が見破られて、御先手組が屋敷に踏み込んだとしても、弥三郎が罪に問われることはあるまい。

信平がなぜ、そこまでして別所を逃がそうとしたか。それは、傷つき怯《おび》える別所を見ているうちに、助けてやりたくなった。ただそれだけのことだ。

まんまと御先手組の目を誤魔化して、家路についた別所は、今頃は妻子のもとに戻り、この先どうするか話しているはずだ。

善衛門は、長屋の差配人《さはいにん》が、浪人である別所の存在を番屋に通報するのを案じていたが、別所に言わせると、長屋の家主は、普請場に人足《にんそく》を送り込むやくざの親分らしく、役人を忌み嫌いはすれど、協力をするような者ではないらしい。また、その者に雇われた差配人とて、お天道様《てんとさま》をまともに拝める人物ではないらしく、人足として役に立つ別所を御上に売るような真似《まね》は絶対にしない、と、それだけは自信を持っていた。

善衛門に言わせると、

「なんとも深川らしいですな。怪しい者たちの集まりじゃ」

なのだそうだが、信平は興味津々《しんしん》だった。

というのも、司法の目が届きにくいこの地では、裏の世界に目を光らせるやくざの存在が、無頼者たちの勝手な振る舞いを抑えているらしい。

中には、どうしようもなく悪い親分もいるが、ほとんどの者が真面目な庶民に手を出すことなく、裏稼業に関わる者から金を稼いでいるのだと、別所が言った。

それは賭博《とばく》であったり、岡場所《おかばしょ》であったり、稼ぎ口はいろいろある。そうしておいて、表の顔は口入れ屋や、普請を請け負う親分もいて、御上の目から逃れる隠《かく》れ蓑《みの》にするなど知恵をしぼり、生き延びているのだ。

ましてて深川は、江戸町奉行の管轄ではなく、郡代《ぐんだい》の役目。役所には、親分たちから付け届けがたっぷり送られていることもあり、目をつむれるところは、つむってやるのだ。

この絶妙な関係が保たれることで、深川と本所は、案外うまく回っているのだと、別所は信平に教えた。

別所から長屋の様子を聞いた信平は、その絶妙な関係とやらを、見たくてしかたない。

この江戸にくだり、辺鄙な深川に暮らすようになってからというもの、京の都にいた時にはなかなか目にできなかった庶民の暮らしを知り、人の温かみにも触れた。

しかし、世の中には、まだまだ知らぬことがたくさんあるのだ。

「そういえば信平殿、知っているか」

鼻の頭を赤くした弥三郎が、とろんとした目つきで言う。

「昨日の捕り物な、あれ、浪人狩りと言うそうだぞ」

「うむ」

「なんだ、知っているのか。まったく、御上は何を考えているのだろうな。浪人狩りなどと妙なことをしても、町が物騒になるだけで、良いことなどないとおれは思う。信平殿も、そう思わぬか」

「弥三郎の言うとおりだ」

「失礼します」

女将が熱燗を持ってきた。

「まあまあ増岡様、なんのお話をしておいでですの。お声が廊下まで聞こえていますよ」

弥三郎は赤い顔を向ける。

「浪人狩りのことだ。物騒でかなわぬと申していたのだ」

「浪人狩り……」

女将は、弥三郎に熱い酒を注ぎながら、思い出したように言う。

「江戸中の浪人を捕らえているという、あの話ですか」

「それよ。そのおかげで、隣の家のおみっちゃんがな……」

と言った弥三郎、急に泣きだした。

驚いた女将が、どうしたのです、という顔を信平に向けた。

信平が弥三郎に訊く。

「どうして泣く。隣のおみっちゃんとやらが、どうしたのじゃ」

「結婚したのだ」

嗚咽《おえつ》しながら、好きだったのに、と言う。

唐突な告白に、信平と女将はふたたび顔を見合わせた。

訊きもしないのに、弥三郎が続ける。

「相手は遠州《えんしゅう》の浪人だ。隣の屋敷に薪割《まきわ》り仕事で出入りしていた男で、おみっちゃんとやけになれなれしく話しているから怪しいと思っていたら、浪人狩りがはじまったことで捕まるといけないというので、夫婦《めおと》になってしまったのだ」

泣きやむのを待ってよくよく聞けば、どうやら、隣の屋敷の主がお気に入りだった薪割りの浪人者が、下女のおみっちゃんと恋仲であることを知り、浪人狩りを機に、夫婦にしたらしい。

その浪人者はあっさり刀を売り払い、今は下男として、新妻と共に屋敷へ住み込んでいるというのだ。

隣のよしみでおみっちゃんと言葉を交わすことがある弥三郎は、気さくで明るい娘に恋をしていたらしく、酔いが回るにつれて言動が荒れ、信平が止めるのも聞かずに酒をぐいぐいあおった。


翌朝、信平は目がさめても、なかなか起きられなかった。

あれから弥三郎は自棄酒《やけざけ》となり、とことん付き合えというので相手をしているうちに飲み過ぎてしまったようだ。

起きようとすれば、木槌《きづち》で頭をたたかれたような激痛に襲われ、また突っ伏す。

「殿、朝餉の支度ができておりますぞ」

善衛門が声をかけて、襖《ふすま》を開けた。

「殿、いかがなされた」

と言う顔が、どこか笑っている。

「今朝は、いらぬ」

返事がないので薄目を開けて見ると、善衛門が顔の前で紙切れをひらひらとやり、意地悪げな顔をしている。

今朝早く届いたという朝見からの覚え書きには、金一両が請求されていたのだから無理もない。

「ささ、起きなされ起きなされ。また当分のあいだは漬物と汁しか出せませぬが、高価な酒に毒された身体には、よう効きましょうぞ」

と、嫌味たっぷりに言われ、すぐに起き上がった。

お初がつんと鼻を高くして視線を下げ、すました顔で膳の間に座り、信平を待っている。

げっそりとした顔で裏庭に出た信平は、井戸水で顔を洗い、膳の間に入った。

お初が七輪に掛けた土鍋から汁をよそうと、黙ってお椀を膳に置いてくれた。てんこ盛りとは言わぬが、箸が底に届かぬほど、しじみが入っている。

いくらなんでも多いが、信平は黙って汁を飲んだ。

「旨い」

お初の目を見ないで言うと、善衛門がわざとらしく咳ばらいをした。

「殿……」

「うん」

「このような体たらくが上様の耳に入れば、出世どころかお目付の監視が付きますぞ」

言われて顔を上げると、お初が黙って相槌《あいづち》を打っている。

信平は、しじみの味噌汁を見つめて言う。

「すでに監視されておる」

「なんと申されましたかな」

「いや、何も」

「まあ、殿も年頃の男子。朝見の女将の顔を見とうなる気持ちは分からぬではござらぬが……」

茶碗を激しく置く音に信平がぎょっとすると、お初がきっとした目で、善衛門を見ていた。

「善衛門殿」

「はい」

「信平様は奥方様がおられる身。そのようにはしたないおこころをお持ちではございませぬ。そうでございましょう、信平様」

「も、もちろんじゃ」

信平が当然だと返事をすると、悪者にされた善衛門がじっとりとした目を向けてきた。

「そのような目をするでない善衛門。麿と女将は、友なのだ。やましいことなどない」

「………」

無言で睨んでいた善衛門が、不気味な笑みを浮かべた。

「それを聞いて安心しましたぞ。奥方様はなんと申しても、あの徳川頼宣侯の姫。夫が、一晩で一両もする料理屋で遊び呆《ほう》けていると知られれば、お怒りになるのは目に見えておりますからなぁ。いやあ、女将とはただの友と聞き、この善衛門、安心しましたぞ」

一人で納得し、満足げな善衛門は、食事に戻った。

「うん、この漬物は、実においしゅうござるな。これからしばらく続くかと思うと、嬉しゅうござる」

などと、嫌味を言ったまではよいが、味噌汁をご飯に掛けて食べようとして、お初に叱られていた。

信平は、頭に響く善衛門の小言に耐えながら、しじみの味噌汁を飲み干し、

「善衛門もお初も、何も心配はいらぬ。麿はもう妻を娶《めと》った身。よそのおなごに興味など持たぬ」

きっぱりと言い切った時、ふと、浅草《あさくさ》で腹痛を起こしたおなごの顔が浮かんだ。

一点を見つめる信平に、疑う目を向ける二人に気付き、頭が痛い、とかぶりを振って誤魔化すと、美しきおなごの面影を振り払った信平である。

六

数日が過ぎた。

爽やかな秋晴れのこの日、一人の町人が信平の屋敷を訪れた。

対応に出た善衛門が、先日はお世話になりました、と頭を下げる男に、

「はて、どなたか」

と首をかしげた。

「わたしです、別所左衛門でございます」

こざっぱりした町人姿の別所は、目を見張るほど別人であった。

「おぬし、無事であったか」

「はい。おかげ様で、このように、腕も上がるようになりました」

と言ってもまだ痛むらしく、腕を上げて顔をしかめた別所は、苦笑いをした。

髷《まげ》も着物も、すっかり町人のものに変じている。

座敷に上がるのを遠慮して、庭に片膝をついて信平に対面した別所は、目に涙をためている。

「あの日、松平様にお助けいただき妻子のもとへ帰ることができました。お礼が遅れましたこと、お許しください」

「そのようなこと、気にされるな。それにしても、ご無事で何より」

「はは」

「して、武士を辞める決意をされたか」

信平が訊くと、別所が町人らしく、

「へい」

と返事を変えて、笑った。そして言う。

「長屋に戻って、妻に浪人狩りのことを話しましたら、泣かれてしまいまして。それからいろいろ考えたのですが、わたしのような凡人が他藩への仕官が叶《かな》うわけもなく、今回のような危ない目に遭ってまで武士にこだわることもないかと思いまして、江戸を出て、田舎で暮らすことにしました」

家族のために武士を捨てたと笑い、改めて頭を下げた。

刀を売ったお金を持って故郷の信州へ帰り、商いをはじめるつもりだと言う。

「それは良い決断をなされたな」

善衛門が感心したように言う。

「武士にこだわり、家族に極貧の暮らしをさせる者が多い世の中で、まことに潔い。立派ですぞ、別所殿」

「へい」

別所は照れたように、目を伏せた。

「殿も、そう思われるでしょう」

善衛門に同意を求められ、

「ふむ、まことに」

信平は相槌を打ったものの、別所の顔から目を離せなくなっている。どうも気になったのだ。

別所は、信平に見られていることに気付くと、持っていた手荷物を差し出した。

「これは、お借りした着物でございます。それと、こいつは女房が作った鮭の味噌漬けですので、お口に合うか分かりませんが、ほんのお礼の気持ちでございます」

「やや、これは何よりの土産《みやげ》、遠慮のういただきますぞ」

近頃漬物ばかりで、うんざりしていたのだと言い、素直に喜ぶ善衛門である。

別所はようやく笑みを見せ、信平に頭を下げた。

「では、わたしはこれで」

「もう帰られるか。今酒肴《しゅこう》の支度をさせるゆえ、ゆるりとされたらどうじゃな」

善衛門が引き止めたが、

「ありがとうございます。しかし、いろいろと後始末がございますので」

信平に深々と頭を下げて、帰っていった。

入れ替わりに、五味が庭に入ってくると、振り向いて別所の背中を見送り、

「今のは誰です？」

呑気《のんき》なおかめ顔で訊いてきた。

どう説明しようかと、善衛門が口をもごもご動かしている。

「知り合いの者が、これを届けてくれたのだ」

信平が、鮭の味噌漬けを入れた岡持桶《おけ》のことを言うと、

「ふうん」

五味は、探るような返事をする。

「五味、いかがした」

善衛門が訊くと、五味は首の後ろをなでながら言う。

「どこかで見たような、見ないような。今の人、名はなんというので？」

「べっ……」

別所と言いかけて、善衛門が慌てて言い直した。

「いや、左衛門だ、左衛門」

「左衛門……。どこの左衛門です？」

「なんじゃ、しつこいのう」

「これは失礼。どうも、あの者の目が気になるもので」

五味は、善衛門ではなく信平を見ながら、そう言った。

「永代寺門前仲町《もんぜんなかちょう》の、確か鶴亀《つるかめ》長屋のはず」

信平が教えると、

「なんだ、鶴亀長屋の者か」

五味が、安堵《あんど》の息を吐いた。

信平が訊く。

「いかがした」

「鶴亀長屋といえば、曾根屋《そねや》の龍治郎《たつじろう》が家主なのですがね、そこには誰も手を出さないのですよ」

「役人が、付け届けをもらっているからか」

信平が言うと、五味が薄笑いを浮かべた。

「まあ、そんなところですが、何より龍治郎がしっかりしているらしく、長屋の連中は、悪さをする者がいないと聞いています」

「では、そこに浪人が暮らしていたとしても、奉行所は行かぬのか」

「少なくとも、おれは目をつむりますよ。けど、御先手組の連中は、そうはいかないかと」

五味はそう言っておいて、身を乗り出す。

「先ほどの者、やはり浪人ですか」

「見たとおりの町人だが」

「おかしいな。おれの十手を見て目をそらしたから、怪しいと思ったのですがね。まあいいでしょう。龍治郎の長屋の者なら、心配ないでしょうから」

五味はそう言って笑った。

信平も笑う。

帰ろうとする五味を、信平が止めた。

「何か用があったのではないのか?」

「あはは、忘れるところでした」

五味は戻って縁側に腰かけ、真面目な顔をして言う。

「由井の残党を束ねる者が、この深川のどこかに潜伏していることが分かりました」

「ほう……」

「くれぐれも、妙な奴を屋敷に入れぬことです」

「ふむ」

信平を見る五味の目が、先日浪人を助けたであろう、と、言っているような気がした。

「あい分かった」

「用事はそれだけでした。何かあれば、すぐ番屋に知らせてください。特に、怪しい浪人には気をつけて。それじゃ、また来ます」

町に戻る五味を見送った信平は、刀掛けに歩み寄り、宝刀狐丸を腰に差した。

善衛門が、驚いた顔をする。

「殿、どちらへ行かれます」

「ちと、気になることがあるゆえ出てくる」

「ですから、どちらへ行かれます」

「鶴亀長屋じゃ」

善衛門が尻を浮かせた。

「何を馬鹿なことを申されます。殿が行かれるような場所ではございませぬぞ」

「磨なら平気じゃ。それより、別所殿のことが気になる」

「何が気になるのです。武士を辞めてすがすがしい顔をしておったではござらぬか」

「表面《おもてづら》は、な」

「はあ?」

「笑みに影があるように思えてならぬ」

「と、申されますと」

「分からぬが、何か、良からぬことを抱えているような、暗い目をしておった」

「まさか、自害するとでも」

「様子を見に行く。子供に何か、手土産はないか」

「お待ちを」

なんやかんやと言いながら手を貸す善衛門は、菓子箱を出してきた。

七

善衛門の供を断り、信平は屋敷を出た。

深川八幡宮前の通りを江戸の方角へ歩み、永代寺門前仲町に入ると、笊売りを止めて、鶴亀長屋の場所を訊《たず》ねた。

「ああ、それならそこの角を右に曲がって、突き当たりを左に行けば、お分かりになりますよ」

「あいすまぬ」

「お安い御用ですが……」

笊売りが、狩衣姿の信平をまじまじと見て、

「お公家様、あそこへ行かれますので」

と、不思議そうに言う。

「ふむ。そうじゃが、何か」

「お腰の物は、かなりの代物とお見受けしましたもので、盗《と》られないようにお気をつけください」

笊売りはそう言うと、商売に戻っていった。

教えられたとおりの道順を進み、突き当たりを左に曲がると、町の様子ががらりと変わった。

岡場所だろうか、今はどの店も戸を閉て《た》、塗りが剝がれた朱色の格子窓の建物がひっそりと静まり、日中ではそこだけ浮いて見える。

通りを歩く人は一見すると、真面目に暮らす者に見えるのだが、信平に向けるその目つきは、穏やかではない。

さらに進むと、単衣《ひとえ》をだらしなく着こなした三人の男たちが店先で談笑していたが、一人が信平に気付き、

「おい」

と、仲間に知らせ、揃《そろ》って白い目を向けてきた。

こんな所で何をしてやがる。

そう言わんばかりの眼差しを向けられても、信平はまったく気にすることなく、その者たちの前を通り過ぎ、鶴亀長屋を探した。

ごみが散らかる道の一角で烏《からす》が群れ、何かを奪い合っている。

生ごみが腐った臭いがする道をさらに進むと、着物の前をはだけさせ、ふらふらと

歩く女とすれ違った。

女は酔っているのか、信平を見ると歩み寄り、狩衣の袖をつかんできた。

「いい男ね。あたしと遊ばない。安くしとくからさ」

「ちと、急いでおるのじゃ」

酒と化粧の匂いをさせる女につきまとわれたが、信平はなんとか離れ、先に進む。

程なく、鶴亀長屋と記された木札を見つけて、開けられている木戸門《きどもん》から路地へ足を踏み入れた。

長屋の路地は掃除がゆき届き、どぶ板も新しく、匂いも酷《ひど》くない。路地には子供が遊び、奥の井戸端からは、女たちの笑い声がしていた。

笊屋が脅《おど》すので、どのように物騒なところかと想像していたが、どうやら心配はなさそうだ。

信平は長屋の一軒一軒を見ながら、井戸端に向かった。近づくと、一人の中年女が目を丸くして、隣の女に肘《ひじ》で知らせる。

たちまち談笑が止《や》み、皆が息を呑《の》む顔で見てきた。

「ちと、訊ねたい」

「は、はいぃ！」

中年女がひきつけを起こしそうな声で返事をすると、手をべろんと舐めて、乱れた鬢《びん》をなで付け、

「なんでございましょう」

と言い、目尻に皺《しわ》をつくって愛想笑いをした。

「別所殿を訪ねてまいったのだが、家を教えてくれぬか」

「ああ、別所の旦那でしたら、そこの角のがそうです。ほら、仕立ての看板が下がっている隣の」

「あいすまぬ」

信平は軽く頭を下げて、路地を戻った。

腰高障子《こしだかしょうじ》の前で訪うと、中から女の声がして、すぐに開けられた。

別所の妻だろう。長屋の女房たちとは身なりが違い、武家の者と分かる着こなしをした三十歳前後の女が、狩衣姿に驚き、目を見開いた。

信平が言う。

「左衛門殿は、ご在宅か」

「はい」

狭い長屋だけに、信平の声は中まで筒抜けだ。

妻の肩越しに、屏風《びょうぶ》をさっとどけて、立ち上がる別所の姿が見えた。

「や、松平様」

その名を聞いた妻が驚き、慌てて襷を取ろうとするのを、信平が止める。

「お内儀、どうぞ、そのままで」

「はい」

言いつつも、妻は襷を取り、頭を下げた。

「これは、いただき物で申しわけないのだが、お子にと思うて、持ってまいった」

信平はそう言って、菓子箱を差し出したのだが、妻は受け取ろうとしない。

「いただきなさい」

別所が言うと、妻は、

「もったいのうございます」

と言い、ようやく受け取った。

「麿は、ちと喉が渇いた。すまぬが、水を一杯いただけぬか」

妻は戸惑ったが、別所が言う。

「このような薄汚いところでよろしければ、どうぞお上がりください。弘恵《ひろえ》、お茶だ」

「はい、ただいま」

妻は中に招いた。

入ろうとした信平は、背後に気配を感じて振り向く。すると、井戸端にいた女たちが集まり、様子をうかがっていた。信平と目が合った女は、にっこり微笑みはするが、その場を離れようとしない。

信平が気にせず中に入ると、外に出た別所が女たちを追い返し、戸を閉めた。

座敷に座った信平は、出されたお茶を一口飲み、正面に座る別所に微笑んだ。

「なかなか、よい長屋であるな」

道を訊ねた笊売りから治安が悪いと教えられ、もっと汚い場所を想像していたと正直に言うと、別所は笑って言う。

「家主の、龍治郎親分のおかげなのです。つい最近までは悪の巣窟《そうくつ》のような場所でしたが、掘割と湿地の埋め立ての普請がはじまってからは、がらりと変わりました。人というやつは、仕事と金さえあれば、悪事を働く気が起きないのでしょう。ここへ越してきたばかりの頃は、昼間から酒に酔って暴れる者がいれば、役人がめったに来ないのをいいことに、賭場を開く輩がいて酷いものでしたが、今は、そのようなことをする者はいません。こうして、路地から子供たちの遊ぶ声が聞こえるのは、暮らしやすい証《あかし》です」

信平はうなずき、障子が開けられている部屋から見える裏庭に目を向けた。小さいが、手入れされた庭には目立つ草が生えていない。人の高さほどの植木の根元に、子供用の木剣が転がったままになっていた。

「お子は、お元気か」

「……はい」

別所の声音が沈み、木剣を見つめる顔に暗い影が浮かんだのを、信平は見逃さなかった。

「おいくつですか」

「五つになりました」

「そうですか。さぞ、可愛《かわい》いことでしょう」

別所は笑みを浮かべたが、膝に置いていた手は、着物をにぎりしめている。炊事をしていた弘恵の手は止まり、丸まった背中には、怯えが見て取れる。

やはり、何かある。

信平は、己の悪い予感が当たった気がして、訊かずにはいられない。

「ぶしつけながら、お子の身に、何かありましたか」

「何もござらん！」

即答した別所は、語気が荒くなったことに驚き、

「これは、ご無礼を」

居住まいを正して頭を下げた。そして言う。

「息子の仙之介《せんのすけ》は、外で遊んでいます」

「そうですか」

信平は、それ以上は訊かなかったが、別所は逃げるように話題を変えた。

「刀を捨ててみれば案外気楽なもので、今は家族三人、幸せに暮らしています」

「それは良かった」

信平はうなずき、国許《くにもと》へはいつ帰るのか訊いた。

「雪が降る前には、江戸を発《た》とうかと思っています」

「そうですか。では、もうお会いすることもないでしょう。商いがうまくいくよう、祈っています」

「ありがとうございます」

目を伏せる別所が気になるが、信平は狐丸をにぎり、立ち上がった。

「では、これにて」

夫婦の見送りを受けて、家路についた。

路地の角を曲がって木戸門にさしかかった時、一人の町人とすれ違ったのだが、信平は足を止め、振り向く。

単衣に羽織の身なりは町人風だが、足の運びは武士そのもの。しかも、かなりの遣い手。

気になったので引き返してみると、男は路地を歩み、別所の家の前で立ち止まった。

一度あたりをうかがう男の目にとまらぬよう、信平は咄嗟《とっさ》に、物陰に隠れた。すると男は戸をたたき、投げ文をした。

もう一度あたりを見ると、来た道を戻らず路地の奥に進み、人気《ひとけ》がなくなった井戸端に向かっている。

すぐに障子が開けられ、別所が出てきた。井戸端に男の姿を見つけると、小走りで追って行き、二人で深刻な顔をして向かい合った。

話をしているのは町人の男のほうで、別所は、青い顔をしてうなずくばかり。時折、目を丸くした顔を男に上げて、困った顔をしている。

男は言い込めるように別所の肩をたたき、路地を信平がいるほうへ戻りはじめた。

家と家のあいだにある物置に潜んでいる信平に気付かず、通り過ぎた男は、表通りに出ていった。

男を見送っていた別所が、悔しそうに歯を食いしばり、井戸の縁に拳《こぶし》を打ち下ろした。

家に戻ろうとして歩きはじめた別所は、路地に信平が立っていたので目を見張った。だが、それは一瞬のこと。目を伏せ気味に戻ると、黙って家に入ろうとした。

「別所殿」

信平が声をかけたが、

「これ以上わたしに関わると、あなた様にも害が及びます。もう、ほっといてください」

別所はそう言って、戸を閉めた。

信平は戸をたたいたが、返事はない。

仕方なく、帰ろうとした信平の背後で、戸が開けられ、

「お待ちください」

出てきた弘恵が、悲痛な声をあげた。

別所が追って出て、

「弘恵、やめぬか」

妻の腕をつかみ、中に引き込もうとした。

弘恵はその手を振り払い、信平の前に来ると、助けてくれと懇願《こんがん》して、泣き崩れた。

信平は妻を気遣い、別所に顔を向ける。

「別所殿、話を聞かせてくれぬか」

「…………」

別所は苦しそうな顔をして、

「どうにも、ならぬのです」

その場に両膝をつき、うな垂れた。

「ここでは人目がある。中へ入れてくれぬか」

信平が言うと、別所夫婦は立ち上がり、中に誘《いざな》った。

座敷に上がった信平は、二人が落ち着くのを待って問う。

「お子が、誰かに攫《さら》われたのだな」

別所が目を閉じ、うなずく。

「ある計画に加わらなければ、息子を殺すと脅されています」

「もしや、浪人狩りと関わることか」

「はい」

「そなたのことを、詳しく聞かせてくれ」

別所は戸惑ったが、信平が、お子のためだ、と言うと、妻が別所の腕に手を添え、促した。

応じた別所が、信平に言う。

「わたしは、五年前に藩がお取り潰しになってすぐ、由井先生に教えを乞いました。長らくお世話になりましたが、謀反の計画を知らされた時は驚き、躊躇いました。しかし、困窮する日ノ本中の浪人たちを救うためだと説かれ、一人でも救えるのなら、と感銘して、参加を決意したのです。しかし、いざ決行という時になって、妻や息子の顔が浮かび、怖気《おじけ》づいたわたしは、仮病を使って逃げたのです」

「別所殿は、そのことを後悔しているのか」

「いえ、謀反が失敗したことを知った時は安堵しました。あの時逃げていなければ、妻や息子までもが、罪に問われていたのですから」

別所は、悔しそうに膝をたたいた。

「今思えば、あの時、武士を捨てるべきだったのです。家族三人でこの深川に渡り、ひっそりと暮らしていたのですが、また仕官できるかもしれぬという甘い考えを捨て切れず武家屋敷を回っていたがために、奴らに見つかってしまい、このようなことに」

「お子を攫ったのは、昔の仲間なのか」

「それが、まったく分からぬのです。わたしが由井先生の門弟だったことを知る男でしょうが、見たこともないのです」

「先ほどの男は」

「ただの使い走りで、名前すら知りません」

「奉行所の者は、由井正雪一味の残党だと申していたが、主立った者で、誰が生きているか知らぬのか」

「わたしが知っている方々は、ことごとく捕らえられたはずです。されど、由井先生の門弟は数千人ですから、知らぬ者は大勢います。中には、逃げおおせた者もいるはず。いったい誰が首謀者なのか、見当もつきませせぬ」

「だが、相手はそなたを知っている」

「どこかで、わたしのことを見たのでしょう」

信平はうなずいた。そして問う。

「ところで、ある計画とは、なんのことだ」

別所は首を振った。

「それは、分かりませぬ」

信平は探る目をしたが、別所は目を合わせ、

「ほんとうです」

と言う。

ここは、信じるしかない。

「次の繋《つな》ぎは、いつ来る」

「二日後です。それまでに、売った刀を買い戻して待っていろと、言われました。金はもうないと言いましたら、これを置いて行きました」

別所は懐から紙の包みを出した。三両あるという。

「では、これから麿が言うことに従ってくれぬか」

「しかし……」

「力になりたいのだ」

「松平様、あなた様はなぜ、わたしのような者にそこまでしてくださるのです」

「困っている者を見ると、放っておけぬだけじゃ」

別所は目に涙を浮かべ、頭を下げた。

「ちと、耳を」

信平は子細を耳打ちした。

八

二日後の昼過ぎ、長屋にいる別所夫婦のところに、投げ文がされた。

町人姿の別所は、文の指示に従い、丸腰で、深川の海辺に向かった。

穏やかな晴れの日だったが、海辺に来ると風が強い。海上を走る帆掛け船を遠目に見ながら歩んで行くと、文に書かれていたとおり、屋根に赤い旗をなびかせる漁師小屋が目にとまった。

そこに息子がいるはず。

急ぐ別所の前に、漁師小屋の裏手から、一人の男が現れた。

町人の姿をしているが油断はなく、険しい顔つきをしている男に、別所は駆け寄って言う。

「仙之介は、息子は無事なのか」

「心配するな。約束は違《たが》えぬ。刀はどうした」

「この身なりで持ち歩けば怪しまれる。言われたとおりに引き取り、家に置いてある」

「嘘じゃあるまいな」

「信じてくれ。それで、わたしに何をしろと言うのだ」

「二年前、裏切り者に殺された由井先生の御無念を晴らす手助けをしてもらう」

「先生の御無念を？」

「さよう。徳川頼宣を暗殺する」

「なっ！」

別所は愕然《がくぜん》とした。

「相手は徳川御三家、しかも、屋敷は江戸城の吹上《ふきあげ》にあるのだぞ。どうやって襲うというのだ」

男は、狡猾《こうかつ》な笑みを浮かべる。

「まあ、いろいろ手はある。貴様はそれがしと共に、襲撃に加わればよいのだ。由井先生の御無念を晴らせば、可愛い息子はすぐ返してやる。それどころか、働きによっては仕官も叶うぞ」

「仕官だと？」

「さよう。どうだ、よい話であろう」

別所は、信平に言われたとおり、相手に従うことにした。

「分かった」

「では明晩、支度を整えて亥《い》の刻までに、この場所に来い。分かっておろうが、妙な真似をしたら息子の命はない。そのこと、ゆめゆめ忘れるでないぞ」

男はそれだけ告げると、立ち去った。

信平の言うとおりにしたものの、別所は不安が隠せない。狙う相手が、紀州徳川の頼宣だからだ。

信平とて、小さな屋敷に暮らす者。さして力を持ってはいまい。

「よりにもよって、紀州とは……。相手が大き過ぎる」

そう声にしたものの、息子を想うと、逃げるわけにはいかぬ。

覚悟を決めるしかない別所は、立ち去った男を尾行する者がいることには、まったく気付いていない。

海辺から町中に戻った男を追っているのは、お初だ。

男は信平が一目おく剣の遣い手だろうが、お初からは逃れられぬ。

男は途中で、深川八幡宮の境内に入ったり、茶店の横の細い路地を抜けたりして、役人を警戒しているようだが、お初には通じぬ。

武家の女ではなく、町人の娘に化けたお初は、付かず離れず、まったく気付かれることなく、男の跡をつける。

そして、堀川を北に渡って深川村の田地に入ると、さすがに人通りがないため、お初とて距離を空けるしかなくなった。

男は、周囲に何もない田んぼの中の道を北上して行く。

小さな人影から目を離すことなく歩みを進めたお初は、男が深川村の外れにある荒れ寺に向かっているのだと見当をつけた。

男は思ったとおり、寺の山門から入っていった。

周囲に気を配りながら、農家が点在する場所に近づく。そして、寺の山門が見える農家の軒下に潜んで、日が暮れるのを待った。農家の夫婦が仕事から戻り、お初がいることに気付いて、不思議そうな顔で声をかけてきた。

「娘さん、何か用かね」

薄暗くなった村に、町の娘は不釣り合いか。

そう思うお初は、笑顔を作る。

「歩き疲れて、休ませてもらっていました。勝手にごめんなさい」

するとと中年の男は、手をひらひらとやる。

「そりゃいいんだが、道にでも迷ったのかね」

「いえ。もう帰ります」

お初は頭を下げ、家から走り去った。

家の者が戻ったのは油断していたが、寺にいる者は気付いていないはず。

百姓の夫婦はまだお初を見ていた。

見えないところで立ち止まり、暗くなった頃合いに寺に向かうと、土壁が剝げている塀を軽々と跳び越え、中に入った。

境内を探り、明かりがもれている本堂の床下に忍び込んだお初は、息を潜める。

床板一枚隔てた上で、男の話し声がする。大まかな場所に見当をつけたお初は、床下から出ると裏に回り、本堂の中に忍び込んだ。

須弥壇《しゅみだん》の後ろからこっそりうかがい見ると、荒れた本堂の中ほどで八人の男たちが車座になり、無駄話をしながら酒を飲んでいる。その男たちから離れた、本堂の片すみに、手足を縛られ、猿ぐつわを噛《か》まされた男の子が横たわっていた。

男どもは、子供を気にする様子はなく、酒を飲みながら会話をしている。程なく話題が変わり、お初は聞き耳を立てた。

「のう、坂上《さかがみ》、別所が襲撃に加わるのはよいが、あの者は、まことに使えるのか」

「奴は我らとは違い、正真正銘の、由井正雪の門弟。その者が襲撃に加わっていたことが幕府に知れたら、どうなると思う」

「徳川頼宣の屋敷を急襲したのが、由井を裏切ったことへの復讐だと思われるはずだ。頼宣はやはり、由井の謀反に加担していたと疑われ、窮地に立たされるな」

「それよ」

「しかし、それをどうやって幕府に知らしめるのだ」

「徳川頼宣に対する恨みごとを書き記したこの書状を、別所と動く者に持たせておくのよ」

「なるほど。他の浪人どもと襲撃に入った後に、あのお方が動かれるか」

「さよう」

「うまくことが運べば、頼宣は終わりだな。長年仕えた我らを追放したことを、後悔させてやる」

「だが、頼宣は家康《いえやす》公の十男だ。公儀に謀反を疑われたとして、御家取り潰しになるだろうか」

「由井正雪を裏切った恨みを書いた書状が出てくれば、動かぬ証。幕閣の者は、潰しにかかるであろう」

「だが頼宣は、黙って腹を切るような男ではあるまい。切腹を命じられたとしても、従わず、幕府と一戦交えるであろう」

「そうなれば、あのお方の思う壺《つぼ》」

「うむ。我らとて、このような憂き目に遭わせた頼宣に復讐が叶い、将軍家の威光も地に墜《お》ちる。うまくいけば、生涯遊んで暮らせる金が転がり込むのだから、申し分ないではないか」

「まったくに」

思わぬ悪だくみに表情を厳しくしたお初だが、ここで気付かれぬよう、感情を押し殺している。子供が気になったが、一人で助けようとすれば、幼い命が危険にさらされる。ここは戻って知らせるべきと判断し、須弥壇を離れ、外へ出た。

夜が白みはじめた。

薄暗い本堂の中でかっと目を見開いた坂上は、閉め切った板戸の外に気配を感じて、刀をつかんで立ち上がった。

気付かずいびきをかく仲間のあいだを、忍び足で戸に近づき、一気に開けた。

朝靄《あさもや》の中に、白い狩衣を着けた若者がいる。その神々しい姿に、この世の者かと思わず息を呑む。だがすぐさま、気迫に圧《お》された坂上は、刀を抜いた。

「き、貴様、何奴！」

「麿の名は、鷹司信平じゃ」

「公家の者か」

「今は、旗本じゃ」

「旗本だと」坂上は探る顔をした。「我らに、なんの用がある」

「お前たちが攫った子を、返してもらいにまいった」

坂上は、信平を睨んだ。

「貴様、別所の知り合いか」

「いかにも」

「ふん、あ奴め、約束を破ったな」

「約束が何か知らぬが、これは、麿が勝手にしていることじゃ」

「なんだと。どういうことだ」

「麿は、子を人質にせぬと何もできぬ卑怯者《ひきょう》が、大嫌いなのじゃ」

信平はそう言うと、鼻先で笑って見せた。

「おのれ、ほざいたな。おいみんな！　起きろ！　曲者《くせもの》だぞ！」

鋭い目を信平に向けたまま仲間を呼ぶと、板戸が蹴破られ、浪人どもが出てきた。

本堂から飛び下りた浪人どもが信平を取り囲み、一斉に抜刀する。

油断なく目を配った信平が、正面にいる坂上に顔を向ける。

「お前たちの悪だくみのせいで、大勢の罪なき者たちが苦しんでいる。子を解放し、大人しく縛《ばく》につけ」

坂上が、馬鹿にした笑みを浮かべた。

「小僧、度胸だけは一人前のようだが、我らが従わなければどうする。腰の飾り物で、我らを斬るか」

「…………」

返答をせず、静かに立っている信平。

坂上は、片笑む。

「ふん、旗本と申したが、身なりが違うではないか。公家風情《ふぜい》が偉そうなことをほざいても、何もできまい」

「どうあっても、言うことを聞かぬか」

「ほざくな。お前を相手にしている暇はないが、出しゃばってここに来たのが運のつきだ」

坂上が不適な笑みを浮かべ、

「斬れ」

と、落ち着きはらった声で命じた。

「てぇい！」

一人の浪人が気合をかけつつ右横から迫り、袈裟《けさ》懸《が》けに斬り下ろした。一刀で斬られると、浪人どもは思ったであろう。だが、信平は相手を見もせず、刃をかわす。狩衣の袖が華麗に舞い、襲ってきた浪人は飛び上がるように両足を浮かせて、背中から落ちた。ざっくりと斬り裂かれた太腿《ふともも》を押さえた浪人が、悲鳴をあげた。

いったい何が起きたのか、と、他の浪人どもが目を見張っている。

その中の一人、細い目が鋭い浪人が、信平の左袖から出ている隠し刀の煌《きらめ》きに気付き、怒気を浮かべた。

「見ろ、隠し刀だ」

指差して皆に教えると、

「おのれ!」

「こしゃくな!」

信平の正面にいた二人が、同時に襲いかかった。

右手で宝刀狐丸を抜刀した信平が、迫る二人の刃をするりとかわし、返す刀で斬り上げてきた髭面の右籠手を斬り飛ばした。

呻《うめ》く髭面を見もしない信平は、刀を振り上げて斬りかからんとしていたもう一人に向かって身体を転じ、流れるように間合いを詰めるやいなや、左手の隠し刀で足を斬る。

華麗な舞にも見える信平の剣技は、腕に覚えがある三人を動けぬようにした。だが、残る浪人どもは怯《ひる》まぬ。

「斬れ。殺せ!」

叫ぶ坂上に応じ、次々襲ってくる浪人たち。

信平は、その者どもの刃を華麗にかわし、背中を浅く斬り、足、腕を斬る。

まったく歯が立たず傷つき、地べたに倒れて苦しむ仲間たちを見ても、坂上は顔色ひとつ変えずに立っていた。むしろ、好敵手に出会ったことを喜ぶように、薄笑いさえ浮かべている。

「おもしろい剣を遣うようだが、遊びはここまでだぞ小僧。がきを殺されたくなければ、刀を捨てろ」

狐丸を右手に下げた信平が、坂上に鋭い目を向ける。

「子が、どこにおる」

「何を申すか。中をよぉく見……」

坂上が本堂を指差すと、仙之介を見張っていた浪人が、尻をこちらに高く上げて突っ伏し、気絶していた。

「なっ！」

絶句した坂上が本堂に走る。すると、子供を抱いたお初が現れ、境内に飛び下りた。

お初は隙を狙って忍び込み、信平の闘いに気を取られている見張り役の肩をたたいて振り向かせた刹那《せつな》に、強烈な当て身を入れ、気絶させたのだ。

「おのれぇ」

逃げるお初を見て、怒りにまかせて抜刀した坂上が、信平に襲いかかった。

「てや！　むん！」

袈裟懸けに斬り下ろした刀の柄を手の中でくるりと反転させ、瞬時に斬り上げる。

熟達した剣技に一瞬遅れた信平は、狩衣の胸のあたりがすっぱり斬り裂かれている。

「次は逃がさぬ」

自信に満ちた坂上が、猛然と出た。

同じ技。

瞬時に見抜いた信平が、一瞬早く出る。

両者がすれ違うと、坂上がすぐに背を返して、ふたたび刀を振り上げた。だが、そこで動きが止まった。

「ぐ、ぐぁ」

喉の奥から不気味な声を吐いた坂上が、充血した目を見開き、ばったりと、仰向けに倒れた。

静かに息を吐いた信平は、狐丸を鞘に納める。そして、山門で待っているお初を見て微笑み、荒れ寺から立ち去った。

九

「ほんとうに、なんとお礼を申したらよいか。息子を助けていただいた上に、過分なる餞別《せんべつ》まで……」

目に涙を浮かべる別所に、信平は首を振る。

「少なくて、申しわけないほどじゃ」

「何をおっしゃいますか。松平様、この御恩は、生涯忘れません」

無事に息子が帰り、別所は妻子を連れて江戸から旅立とうとしている。

深川八幡宮前の船着き場で見送る信平に、深々と頭を下げた別所夫婦は、明るい笑顔を上げた。

「旅の無事を祈っているぞ」

信平が言うと、別所はうなずき、近づいて声を潜めた。

「松平様、坂上が言っていたという、あのお方というのが誰なのか、ずっと考えていたのですが」

「うん」

「ひょっとすると、由井先生と共に行動していた、丸橋忠弥《まるばしちゅうや》殿の弟子ではないかと」

「名は、なんと申す」

「確か、南部信勝《なんぶのぶかつ》です。不気味な男だと、先生から聞いたことがあります」

「その者が、生きていると申すか」

「分かりません。二年前の事件で死んだとは聞いておりませぬので、もしやと思ったのです」

「調べてみよう」

「では、わたしはこれで」

別所はふたたび深々と頭を下げ、江戸に渡る舟に乗った。

ゆっくり離れていく舟から手を振る別所たちを見守りながら、

「南部、信勝」

信平は独りごとのように、名を口にした。

徳川頼宣侯を陥れ、将軍家綱公の世を乱そうとした坂上は阻止したが、別所が言う南部が黒幕であるなら、この先、何かを仕掛けてくるに違いない。

信平は不吉な予感を抱きながら、遠ざかる舟を見つめていた。

背後に殺気を感じて振り向くと、

「とぉのぉ」

善衛門が、恨めしげな白い目を向けていた。

「な、なんじゃ、気持ち悪い」

その場から立ち去ろうとすると、がっちり腕をつかまれた。

「神棚に上げていた小判十枚が見当たらぬのですが、知りませぬか」

「さあ……」

下からじっとり見つめられて、

「ねずみの仕業かの」

と言うと、

「ねずみ！　なるほど、我が鷹司松平家には、小判を食うねずみがおりますのか。どうりで、いつまで経っても暮らしが楽にならぬはずですな」

善衛門は首を振りながら、嫌味たっぷりに言う。

「で、あるな」

信平は涼しい顔で言い、道場に行くと言って去ろうとするが、善衛門は腕を離さない。

「あれは上様からいただいた大切な小判ですぞ。何に使われたのです。正直におっしやい」

「だから、ねずみの仕業じゃ」

「あ、逃がしませぬぞ」

「剣の稽古に行くのじゃ」

「殿！」

第二話　姫のため息

一

江戸城本丸の吹上には、鷹司松平信平の姉、孝子が暮らす屋敷の他に、尾張《おわり》、水戸《みと》、紀州徳川家の屋敷がある。

いずれも徳川家康が開かせた家であり、中でも、尾張徳川家、紀州徳川家は格式が高く、徳川宗家の継嗣《けいし》が絶えた場合は、代わって将軍家を継ぐ役目を担う。

家康の九男義直《よしなお》が尾張、十一男頼房《よりふさ》が水戸、そして、今や信平の舅《しゆうと》となった紀州徳川家の祖、頼宣は、家康の十男である。

吹上に仲良く軒を並べる三家の上屋敷は、将軍がおなりの時にだけ使用する唐破風《からはふ》檜皮葺《ひわだぶ》きの門に、藩主が出入りに使う瓦葺《かわらぶ》きの四脚大棟門《おおむねもん》をいずれも備え、華麗なたたずまいを誇る。

もっとも禄高《ろくだか》が多い尾張徳川家の屋敷は絢爛豪華《けんらんごうか》であったが、紀州徳川家の屋敷も劣らぬ豪華さを誇っている。

屋敷に相応《ふさわ》しい庭園は、藩主頼宣も愛《め》でる立派な造りである。

その美しい庭を見渡せる廊下の端に、何をするでもなくたたずんでいる姫が一人いる。

信平の妻、松姫だ。

物思いにふける松姫の眼差しは、美しい庭ではなく、あかね色に染まった、暮れゆく空に向けられている。身にまとう紅綸子《べにりんず》の華麗な内掛けを一層引き立てる美しさであるが、その表情はどこか寂しげだ。

程なく、侍女の竹島糸《たけしまいと》が歩み寄り、声をかけたが、松姫の耳には届かぬ様子。一日こうして、空ばかりを見ては、ため息をついている。

日がすっかり落ちたところで、ようやく部屋に戻った松姫は、調《ととの》えられた夕餉《ゆうげ》の膳を前にしても、僅かに食しただけで、すぐに箸を置いてしまう。

寝所の布団に入っても眠れぬらしく、次の間で控えている奥女中たちには、寝返りをする衣擦《きぬず》れの音と、姫のため息が、朝方まで聞こえるのだ。

「そんなご様子の日々が続いておりまして、わたくしはもう、おいたわしくて見ていられませぬ」

藩主頼宣の側近である中井春房《なかいはるふさ》に、糸が松姫のことをこう報告した。

「なるほど」

と、中井は心配そうな顔で腕組みをする。

中井は、松姫の異変を知った頼宣から、糸に様子を訊いてまいれ、と命じられて、裏庭を望む御殿の八畳間で面会しているのだ。

「して糸殿、奥医師《おくいし》は、なんと申した」

「このままでは体力が衰え、まことの病にかかってしまうとおっしゃいました」

中井は、不思議そうな顔をした。

「まことの病？　と、申しますと」

「あ、いえ……」

糸は失言に焦り、顔をうつむけた。

浅草で偶然出会った信平のことを想っての恋患いだとは、口が裂けても言えない。こっそり屋敷を抜け出したことがばれれば、姫が殿からお叱りを受けてしまう。

糸はそう思ったのだ。

「糸殿、いかがされた」

「い、いえ。姫様は、ずっと屋敷内にいらっしゃるせいで、気が塞いでおられるのです。たまには、外の空気をお吸いになられたほうがよいかと存じます」

「今日も、庭に出られていたではござらぬか」

「その外ではなく、寺社への参詣など、屋敷の外にお出かけになり、気晴らしをしていただくという意味でございます」

「そ、それを申されるか」

困った様子の中井に、糸が身を乗り出して訴える。

「輿入《こしい》れ先の鷹司松平様には、病と偽《いつわ》られていることは重々承知していますが、今のままでは、姫様はまるで、囚われの身。あまりにも御不憫《ふびん》で……」

着物の袖を目に当てて声を詰まらせる糸を見た中井は、戸惑った様子だ。

「殿は、五十石の貧乏旗本などに姫様をやらぬと決めておられる。先方に病と告げてある以上、姫様を屋敷の外に出すわけにはいくまい」

糸は涙声で訴える。

「では、このまま一生、屋敷から出さぬおつもりですか」

「殿はそうは申しておられぬ。先方が千石取りの旗本になるまでの辛抱なのだ」

「いつ千石になられますのか」

「さあ」

「さあって……。いつになるか分からぬことを待てと言われて、姫様のご心身が耐えられますでしょうか」

糸は詰め寄り、なんとか松姫が市中に出かける口実を作ろうとした。

患うまでに想う信平に、一目でも松姫を会わせてやりたいと思ったからだ。

「ほんの少しでもかまいませぬから、外出をさせていただきとうございます」

「無理ですな」

「姫様がご病気になられますよ」

「お、脅すか」

「いいえ、脅しではございませぬ」

「御城の大奥の方たちとて、めったに門外には出られぬのだから……」

「姫様は大奥のお人ではございませぬ」

「ま、まあそれはそうだが、そこをなんとかするのが糸殿、そなたのお役目でござろう」

殿には報告すると付け加えて、中井は逃げるように部屋を出た。

表御殿に戻るとすぐ、頼宣が待つ居室に行き、廊下に座して頭を下げた。

家老と藩政の打ち合わせをしていた頼宣だが、家老を下がらせ、

「外で聞く」

と、庭に誘う。

庭に出た頼宣は、背後で膝をつく中井に背を向けたまま報告を受けると、

「そうか」

一言だけ答えて、もみじが紅《あか》く色づく築山を眺めている。

娘を心配してか、腰のところで組んだ手に持つ扇子《せんす》を開けたり閉じたりして、落ち着きがない。

糸から聞いた松姫の様子を隠さず報告した中井は、扇子の動きを見ながら、頼宣が口を開くのをじっと待った。

そして程なく、扇子がぱたりと閉じられたまま動かなくなると、頼宣は振り向いた。

「春房」

「はっ」

「姫は、今しばらく門外へ出さぬほうがよい」

「はは」

「そこでじゃ、春房、この屋敷内で姫が喜びそうなことを、何か思いつかぬか」

春房は驚いた。

「今でございますか」

「そう、今じゃ。なんでもよいから、思いついたことを申せ」

春房は目を左右に動かして思案したが、困り果てた顔を頼宣に向ける。

「おなごに縁のないそれがしには、とんと見当がつきませぬ。姫様のおこころは、殿のほうがよう存じておられましょう」

頼宣は不機嫌を顔に出す。

「それが分からぬから聞いておるのじゃ」

「では、奥方様に助けを求められてはいかがでしょう」

「馬鹿を申すな。松と信平殿は夫婦になったのだから、禄高などにこだわらず、すぐにでも二人を住まわせるべきと言うに決まっておる」

察するに頼宣は、奥方から松姫のことで、何か言われているに違いない。

そのことを隠すためか、頼宣は空咳をひとつして言う。

「心痛の元は、まだ見ぬ夫に想いを膨《ふく》らませておるのやもしれぬと思うたから、何か気をそらせることを、考えよと申したのだ」

　にやけた中井が、

「分かっておられるではござらぬか」

　顔をそらして、ぼそりと言った。

　頼宣が眉尻をつり上げる。

「今なんと申した」

「いえ、何も……」

　頼宣に睨まれて首をすくめた中井は、はっとした目を上げた。

「殿、よい考えが浮かびました。京の商人を招いたらいかがでしょう。雅な着物や小物を好きなだけお選びいただくのです。さすれば姫様のご気分も、少しは晴れようかと存じます」

「おお、その手を忘れておった。いつぞや機嫌をそこねた奥も、この手でころりとようなったな」

「はい」

　満面に笑みを浮かべる春房に、頼宣は言う。

「おぬしもなかなかに、おなごを分かっておるではないか」

「おそれいりまする」

「すぐに手配いたせ」

「はは」

その翌日、日本橋から呉服問屋の左京屋《さきようや》をはじめ、紅《べに》・白粉《おしろい》問屋、小間物屋などが屋敷にやってくると、松姫の部屋いっぱいに、京ゆかりの、雅な品々が並べられた。

「さ、姫様、どれでもお好きな品を、お気がすむまでお選びください」

「お美しい姫様には、どれもお似合いになりましょう」

満面の笑みで、商人たちが持てはやす。

絢爛豪華な品々を前に、糸は目を輝かせて、

「姫様、これなどはいかがですか」

楽しげに、反物《たんもの》を松姫の胸元に当ててみたり、蒔絵《まきえ》の櫛《くし》を手にして、うっとりしている。

松姫も花簪《はなかんざし》を手にしてみたものの、終始浮かぬ顔で、すぐに戻してしまう。

そこへ、中井を従えた頼宣がやってきた。

松姫をはじめ、皆が頭を下げるのを止め、

「どうじゃ松、気に入る物があったたか」

と、機嫌をうかがう父に、松姫は、うつむいたまま答えない。

「姫様……」

糸が返答を促すと、

「すべて、今のわたくしには必要のない物。糸、そなたが好きな物を買うがよい」

にこやかに言うが、目は寂しげで、泣いているように思えた。

糸が困った顔を頼宣と中井に向ける。

頼宣は残念そうな顔で、豪華な品々に目を向けた。

「ちと、松には地味であったかの」

松姫が、ほろりと涙を流した。

それに気付いた頼宣が驚く。

「松、何が悲しいのだ」

松姫はかぶりを振る。

「自分でも、よう分からぬのです。楽しもうとしても胸が塞ぎ、涙が流れてしまいます」

「あのように美しい旦那様を見られたのですから、無理もないかと」

松姫を思うあまり声に出てしまった糸が、はっとして口を押さえたが、もう遅い。

ぎょっとした頼宣が、信平と会《お》うたのか、という顔をして睨む。

糸は顔を引きつらせて、苦笑いをした。

「糸、こちらにまいれ」

先に部屋から出た頼宣に従い、糸が縁側に出る。

「どういうことか、子細に述べよ」

押し殺しているが、怒りが込められた声で言う頼宣に、糸は観念した。

松姫に聞こえぬよう部屋から離れ、信平と出会ったことを隠さず話した。

頼宣は黙って聞いていたが、険しい顔を糸に向ける。

「わしの許しなく浅草に出かけて、信平と偶然出会うたと申すか」

「はい」

糸は小さくなっている。

「しかも、腹痛を助けられたと……」

糸は無言でうなずいた。

頼宣は、ますます縮こまる糸を見据えて訊く。

「信平はまことに、松のことを気付いていないのだな」

「はい」

頼宣は怒鳴ろうとして、松姫の部屋を気にして堪えた。ひとつ大きな息をし、静かに言う。

「よいか糸、わしはな、信平が千石取りになるまで、姫をやるつもりはない。あ奴が出世して迎えに来るまでは、会わせてはならぬぞ」

「しかと、肝に銘じまする」

その場に座して頭を下げる糸に背を向けた頼宣は、肩を怒らせて、表御殿に向かって歩みを進めた。

それを見た中井が、松姫に頭を下げて続く。

表御殿に戻ったところでぴたりと足を止めた頼宣が、ふと、廊下の左端に歩み、築山を眺めながら手を腰に回し、扇子を開いたり閉じたりする。

「春房」

「はは」

「今日より姫のそばに仕えよ」

「…………」

「不服か」

「いえ」

「浪人狩りとやらで、市中が騒がしい。姫が外に出ぬよう、しかと見張れ」

「承知いたしました」

その場で頼宣を見送った中井は、姿が見えなくなると、肩を落として、きつく目を閉じた。長年頼宣の近習《きんじゅ》を務め、常に第一線で立ち回ってきたが、

「出世の道も、今日でしまいか」

ぼそりと言い、この世の終わりでも見たような顔をして深いため息をつく。

姫のそばに仕えると申しても、侍女のごとく、常に付いていられるはずもない。姫君用人として、奥御殿の玄関そばにある御用部屋に詰め、雑務と警固をするのだ。

「暇な日が続くであろうな。ああ、なんとしたことか」

脱力したまま、亡霊のように立ち上がった中井は、重そうな足取りで、奥御殿に戻った。

二

それから数日、紀州藩邸は何ごともなく静かな時が流れた。

奥御殿に閉じ籠もる松姫は、相変わらず食が細く、以前より、身体が一回り細くな

ったようである。

かといって、肌の色艶が悪くなるのではなく、逆に潤《うるお》いが増し、表情には、大人びた美しさが芽生えはじめていた。

これも、恋をする乙女がゆえに、成せることなのであろう。

この日も、庭が見渡せる広縁に出て空を見上げ、ため息をつくばかりの姫であるが、

「恋する乙女の、なんと美しや」

と、周りの者たちに言わせるほど、姿が美麗だ。

そんな中、姫の背後に控える糸だけは、心配そうな面持ちで見守っている。

あまりの食の細さを案じている糸は、せめて菓子だけでも、と思い、配下の奥女中たちに支度を命じた。

矢絣《やがすり》を着けている奥女中たちが忙しく働き、広縁に緋毛氈《ひもうせん》を敷き、茶菓を調えた。

支度が終わったところで、糸は皆を下がらせ、松姫に歩み寄る。

「姫様、美味しい金玉糖《きんぎょくとう》とお茶をどうぞ。このように晴れた空の下でいただくと、また格別なるお味でございますよ。ささ、こちらへ」

松姫は、空を見上げたまま言う。

「糸」

「はい」

「信平様は、今頃何をされているであろう」

「そうですねぇ……」

「このように胸が苦しくなるのであれば、あの時、思い切ってわたくしの名を告げておけばよかった。わたくしが妻であると、言ってしまえば……」

「…………」

松姫の弱々しい声に、糸は胸が詰まってしまい、返事ができず下を向いた。

「一目でよいから、もう一度会いた……」

廊下に音がした。

はっとして顔を上げた糸の目に、倒れている松姫が映った。

「姫様！　誰か、誰か！」

糸の叫び声を聞きつけ、控えていた奥女中たちが駆けつけるやいなや、倒れた松姫を見て悲鳴をあげ、大騒ぎになった。

女たちの悲鳴を聞いた中井が、配下を連れて即座に駆けつける。

「何ごとでござるか」

言った中井は、正座した糸が松姫を抱えているのを見て目を見開き、

「医者だ、医者を呼べ」

配下を走らせ、歩み寄る。

「糸殿、姫様はいかがされたのだ」

「急に、お倒れに」

ほのかに赤みを帯びた顔で気を失う姫を見た中井は、ごめん、と断ってから、額に手を当てた。

「酷い熱だ。今医者を呼びに走らせた。寝所に運ぶ」

そっと松姫を抱き上げた中井は、その身体の軽さに驚いた。

「姫様は相変わらず、食が細いのか」

「近頃は、とんと口にされませぬ」

「そなたが付いていながら、なんとしたことだ」

「申しわけございませぬ。せめて菓子だけでもと思い、支度をしたところでした」

寝所に敷かれた布団に松姫を寝かせた中井は、

「とにかく、殿にお知らせせねば」

そう言って、行こうとした。

「待ちなさい」

松姫が、か細い声で止めた。

「姫様、意識が戻られましたか」

安堵する中井に、

「父上には、言わないでほしい」

と、念を押す。

糸が咎められることを、案じてのことであろう。

中井は、下がって正座し、松姫に言う。

「されど姫様、いずれはお耳に届きます。早いほうがよろしいかと存じます」

「…………」

悲しそうな顔をする姫に、

「ご案じなされますな。殿には、姫様が風邪を召されたと申し上げまする」

中井は、優しい顔で言った。

間もなく奥医師の渋川昆陽《しぶかわこんよう》が来た。

中井は松姫に、おまかせくださいと言い、寝所から下がった。

松姫の脈を取り、身体の具合を診た昆陽が、白髪《しらが》の眉毛をへの字にして、付き添っている糸に顔を上げる。

「姫様の食は、相変わらずですか」

「はい」

「さようか。食が細く滋養《じよう》が足らぬゆえ、めまいを起こしたのでしょう。松姫様、しっかり食べられることが、一番の薬ですぞ」

「胸が苦しくて、何も欲しくないのです」

「気持ちは分かります。ですが、侮《あなど》るなかれ。前にも申し上げましたが、このようなことが続けば、まことの病になりますぞ」

「………」

松姫は辛そうに目を閉じると、僅かにうなずく。

昆陽は目尻を下げた。

「では今から、粥《かゆ》の一杯でもお召し上がりになられて、この熱冷ましを飲まれませ。よろしいですな」

「はい」

「では、明日の朝また来ます」

昆陽は松姫に頭を下げると、糸に目配せをして、部屋を出た。

後を追って出た糸に、昆陽は廊下を歩きながら言う。

「どうも、ご心痛が重なっておられる。何か、深い悩みがおありのご様子だが」

「わたくしの口からは、詳しいわけは申せませぬ」

「それでは、治しようがないではないか」

昆陽は立ち止まり、知っていることを話すよう促した。

糸は躊躇ったが、松姫のためだと言われて、信平のことを話した。

昆陽は、神妙な顔でうなずいた。

「なるほど。会いとうても会えぬ胸の苦しみが、重なっておいでとみえる。できうるなら、姫様の想いを遂げさせてさしあげるのが一番の薬ですぞ。会ってお話でもできれば、気分が楽になるのでしょうが、なんとも困った」

あいにく、恋患いに効く薬は持っておらぬ、と付け足して、微笑む昆陽である。

帰っていく医者を呆然《ぼうぜん》と見送った糸は、ふと我に返り、どうしたものかと考えをめぐらせた。

信平様にお会いするのが一番の薬。

昆陽は造作《ぞうさ》もなさげに言うが、頼宣からきついお達しが出たばかりの今、そんなことができるはずもない。

糸は廊下で立ち止まったまま、途方に暮れた。

松姫の熱は、幸い翌日には下がった。

しかし松姫は、恋する旦那様には会えず、屋敷からも出られないと思うと起きる気力が出ないらしく、横になったまま、虚《うつ》ろな目で天井を見ている。

少々おてんばなところはあるが、明るく元気だった松姫である。この変わり様に、奥御殿の者たちはもちろん、下働きの下男下女にいたる家中の者たちが心配して、上屋敷全体に、沈んだ雰囲気が漂いはじめた。

頼宣とて、松姫がここまで患うとは思ってもみなかったであろう。愛娘のためを思うて屋敷にとめ置いているのだが、

「松は、一度会うただけで、信平のことを好いたのか。それとも、夫婦になっても妻としての役目を果たせぬことへの罪悪感から、胸を痛めておるのか」

どちらが姫を苦しめているのか、と、呼びつけた中井と糸に問うた。

中井は返答に窮し、糸に救いを求めるような眼差しを向けた。

これを受けた糸が、畳に三つ指をつく。

「おそれながら、妻としての役目については分かりませぬが、信平様をお慕いになっておられることは確かかと」

頼宣は険しい顔をする。

「それだけで、熱を出すほどに苦しむか」

「姫様の場合は、並のこととは違いますから」

「うむ？　どういうことじゃ」

「御家のために他家に嫁ぎ、夫である殿方に尽くすのが武家女のお役目と、それはもう耳にたこができるほどお聞きになりながらお育ちになられたのです。嫁いだ後も実家で暮らすのは並のことではございませぬ。加えて、妻でありながら、近くにいらっしゃる信平様とお会いしたくても叶わぬというもどかしさも、殿方を初めてお慕いになられた姫様のおこころを苦しめているのでしょう」

「言うのう、糸」

頼宣に渋く言われて、糸がはっと口を押さえた。

「申しわけございませぬ。出過ぎたことを申し上げました」

「まあよい、松を思うてのことじゃ。ではの、糸、松には、信平のことはしばらくの辛抱《しんぼう》だと伝えよ」

「はい」

妻として信平のもとへ行くことを許す、とも取れる頼宣の発言に、糸は表情を明るくした。

「勘違いするなよ、糸。そう伝えて、松に希望を持たせるのじゃ」

糸は戸惑いを隠せない。

「姫様を、騙すのですか」

「信平が千石取りになるまでの辛抱だと申しても、いつのことになるか分からぬのだ。そうでも言わぬと、松の気分は晴れまい」

「それは、そうでございますが……」

「まだ年端《としは》もゆかぬ娘が、夫になった男と出会うたばかりで、気が高ぶっておるだけじゃ。来年の春頃には共に暮らせるとでも申して、今は希望を持たせるよう計らえ。ひと月も過ぎれば気持ちも落ち着き、元の元気な松に戻るであろう。のう中井、そう思わぬか」

「はは。さように思いまする」

中井は、頼宣の言うことには逆らわぬ。

糸も、従うしかなかった。

ところが、頼宣に言われたとおりのことを告げても、松姫の恋患いは良くならなかった。起きる気力は出たものの、屋敷の中で鬱々《うつうつ》とする日々が変わるわけではなく、半月過ぎ、ひと月が過ぎても、食欲は出ない。

「一目だけでも、お会いしたい」

松姫から出る言葉は、こればかりだ。

こうなるともう、元気にする手はひとつのみ。

信平のもとに行けぬならせめて、思い出の地へ行くだけでも、と考えた糸は、御用部屋にいる中井を訪ねた。

「ひと月が経ちましたが、姫様はお元気になられませぬ。何とぞ、社寺の参詣をお許しいただけるよう、殿にお取り次ぎ願います」

涙ながら訴えられた中井は、うろたえた。

「そう言われても……」

「何とぞ、お頼み申します」

女の涙に弱い中井は、ため息をつく。

「分かったから、もう泣かないでくれ」

懐紙を渡し、一度頼んでみることを約束した。

糸から涙ながらの訴えがあったことを聞いた頼宣は、

「このままでは、松だけでのうて糸も、臥《ふ》してしまいそうじゃな」

そう案じて、寛永寺《かんえいじ》に行くことを条件に、外出を許した。

三

数日後の早朝、松姫を乗せた駕籠《かご》が江戸城一橋《ひとつばし》御門を出た。右手に振り向けば、朝日を浴びて瓦を輝かせる大天守が見える。

糸の計らいで、寛永寺参拝に加え、信平と初めて出会った浅草に足を延ばすことができることになり、上野に向かう駕籠の中にいる松姫のこころは、信平と出会えるかもしれないという期待で膨らんでいた。

門外へ出た駕籠は大勢の行列ではなく、供は中井と糸の二人だけ。駕籠も姫用の豪華な物ではなく、黒塗りの地味な物で、中級の旗本が使う駕籠に似た造り。むろん、紀州の姫と分からぬようにするための配慮だ。

中井は紋付き羽織袴の、武家らしい身なりだが、糸は、濃紺の地味な色合いの小袖に、浮かぬよう選んだ帯を巻き、庶民らしい格好をしている。

姫を乗せた駕籠は神田川沿いをくだり、下谷御成《したやおなり》街道を北に向かうと、上野北大門《きただいもん》町《ちょう》の蠟燭《ろうそく》問屋、大門屋《だいもんや》徳三郎《とくさぶろう》の店先で止まった。

糸が駕籠の前に履物《はきもの》を揃え、天窓と引き戸を開けると、松姫が降り立った。

赤を下地に、もみじや花の模様が入れられた華やかな小袖を着ているが、吹上の屋敷で着る物よりは地味で、大店《おおだな》の娘といった印象を受ける。

それでも、店先に立つ松姫の美しさは、人目を引き付けた。

「さ、まいりましょう」

糸が暖簾を上げて、中に誘った。

藩出入りの蠟燭問屋の座敷で一休みして、ここからは徒歩で、寛永寺に行く。

商人の娘のような格好をしているのは、浪人狩りによって物騒な輩は減ったものの、由井正雪事件の残党たちが根絶やしにされていない限り油断は禁物と、目立たぬようにしているのである。

残党の浪人が江戸に入った目的が、頼宣を裏切り者と決めつけ、復讐をするためだとの情報がある以上、気をゆるめることはできない。

屋敷を出てからここまで、怪しげな者が付いていないことは、常に気を配り、警戒を怠らぬ中井が確かめている。その上、駕籠を担ぐ二人は、いずれも剣の遣い手。

浪人が束になって来ようが、松姫には指一本触れさせせぬ、と、中井が豪語したほどだ。

座敷に上がった松姫は、

「どうぞ、ごゆるりとお過ごしくださいませ」

頭を下げる徳三郎から手厚いもてなしを受け、一休みした。

もうすぐ浅草に行けることで気分が高揚してきたのか、松姫は、出された菓子を見て微笑んだ。

「美味しそう」

これを逃さぬ糸が、すぐに差し出す。

松姫は菓子に手を伸ばし、ぺろりと平らげた。

糸は、あれだけ心配した松姫の口に食べ物が入ったことで、安堵のあまり感激し、屋敷の外にお連れしてよかったと、そっと目尻をぬぐう。

それを見た松姫が、二つ目を食べる手を止めた。

「糸、いかがした」

「姫様がお元気になられて、嬉しいのでございます」

松姫は微笑んだ。

「あのお方と出会うた町に行けると思うだけで、このように嬉しい気持ちになるとは思いませんでした。そなたのおかげです」

「姫様……」

「糸もいただきなさい」

松姫は、菓子を渡した。

半刻（約一時間）ほどで腰を上げた松姫は、大門屋の見送りを受けて店を発ち、寛永寺に向かった。

徳川の庇護《ひご》を受け、一般人の出入りを禁じている寛永寺であるが、糸が葵《あおい》の御紋が入った櫛を懐から出して見せ、松姫の身分を明かすと、黒門をあっさり通ることができた。

無事参拝を果たした松姫は、日が真上に昇った頃になって、いよいよ浅草に足を延ばした。だが、寛永寺とは違い、浅草界隈は庶民の人通りが多く、浅草寺の門前は大変なにぎわいだ。

こうなると、付かず離れず守っている中井は、気が気ではない。駕籠ならともかく、今は歩きであるため、警固が難しくなるからだ。

松姫はというと、中井の心配など気にすることなく、人のあいだを縫うようにして、どんどん進む。

まさか姫の袖をつかむわけにもいかぬ中井は、人に邪魔をされ、次第に離されていく。

糸は頻繁に後ろを気にしていたが、足の速い松姫に手を引っ張られた。

二人に追い付こうと焦った中井は、人混みをかき分けて進むのだが、あまりの人の多さに圧倒されっぱなし。刀の鞘が人に当たるので気分が悪いが、この混雑では、あきらめるしかない。

浅草界隈が普段からそうなのかといえばそうではなく、この日は縁日が立つ日だったのだ。

そのせいか、おなごの姿が多く、人の流れを割って前に出ようとしても、おなごの身体に触れてかき分ける勇気がない中井は、のろのろ進む流れの中に飲み込まれ、ついに、松姫を見失った。

「やりましたよ姫さ、いえ、お嬢様。中井殿の姿が見えませぬ」

「うふふ……」

無邪気な表情を浮かべる松姫を見て、糸は嬉しさのあまり、欺《あざむ》いた中井に対する申しわけない気持ちを、すっかり忘れている。

このことが頼宣の耳に入れば、罰を受けるかもしれぬというのに、松姫が元気になったことが、糸は嬉しくてたまらないのだ。

「糸、あのだんご屋は、どこであったか覚えているか」

「あのだんご屋とは？」

「信平様に助けていただいた時に世話になった、だんご屋のことじゃ」

「ああ、あの……」

左前方に見える浅草寺五重塔《ごじゅうのとう》で、自分たちがいる場所を確かめた糸は、人の流れの中であたりを見回した。

「お嬢様、確か、この先ではないかと」

糸は松姫の手を引いて左に移動し、人の流れから外れた。

だんご屋は、店先に緋毛氈を敷いた長床几を置いていたはずだが、人が多過ぎて、どこか分からない。

二人で身をかがめるようにして、店の軒先を歩んでいると、見覚えのある長床几が目にとまった。

「お嬢様、ありました。あのだんご屋に間違いございませぬ」

見つけた糸が、人がいる長床几の隙間に、尻をねじ込むように座り、隣でくつろいでいた二人組の男の皿が空になっているのを、大げさに首を伸ばして見つめる。そして、早く譲れとばかりに空咳をして、男たちの顔を見つめた。

話し込んでいた男たちは、なんだ、と言い、眉間に皺を寄せた。だが、糸の迫力に負けて、立ち上がる。

「おふくろさん、勘定置いとくぜ」

男たちは、店の老婆に声をかけて、人の流れの中に消えていった。

白髪の老婆が出てきて、湯飲みと皿と銭を片付けると、立っている松姫に優しい笑みを向けて、座るよう促した。

「おだんごを二皿と、お茶を二つ頼みます」

糸が気取って注文すると、

「あいよ」

老婆は明るく応じて、奥に引っ込んだ。

松姫の顔が赤らんでいるのに気付いた糸が、心配した。

「姫、いえ、お嬢様、お顔があこうございます。お加減が悪いのでは」

「平気です。中井から逃げるために急ぎ過ぎたものだから、少々暑いだけです」

糸は扇子を開き、優しく扇《あお》いだ。

松姫は心地好さそうに笑みを浮かべて、店の前を行き交う人を眺めている。そして、心配そうな顔を糸に寄せ、小声で言う。

「それにしても、人が多い」

「まことに」

「このように大勢では、信平様を見つけられぬ」

信平の屋敷がいずこにあるのか知らぬ松姫は、あの日のように、信平と会えるのではないかと思っている。

出されただんごをゆっくり食べながら、四半刻（約三十分）、半刻と通りを見続けたが、狩衣の姿さえ見かけない。

会えぬまま、時は無情に過ぎてゆく。

やがて日が西にかたむき、屋敷に戻る刻限に近づくと、松姫の表情に落胆の色が浮かびはじめた。

出されただんごはほとんど食べていないが、長居をしてもいやな顔ひとつしないだんご屋の老婆は、お茶を三度替えてくれた。

「誰かを、待っていなさるのかえ」

四度目のお茶を持ってきた時、老婆が遠慮がちに訊いた。

「もうそろそろ、帰りますので」

糸が申しわけなさそうに言うと、老婆は、好きなだけいていいと笑い、奥に下がった。

「やはり、この広い江戸で偶然出会えるなど、愚かな考えでした」

だんご屋の西日の影が通りに長くなりはじめた頃、松姫はそう言って、浮かぬ顔でため息をついた。

「糸、帰りましょう」

「では、お勘定をしてまいります」

帯から銭入れを抜いた糸が、老婆のいる店の奥へ入った。

そのあいだも人通りを見つめていた松姫は、人の流れの中に立烏帽子を見つけ、はっとして立ち上がった。

白い狩衣を着た公家らしき者は、横顔も若い。

もしや、と思って追おうとしたその時、目の前を黒い影が横切り、身体に衝撃を受けた。

「きゃっ」

小さな悲鳴をあげて、長床几に尻餅をつくと、

「おっと、ごめんよ」

若い男が、優しい顔で助けの手を差し出した。

松姫はその手を避け、はだけた裾を閉じて座り直した。

「お嬢さん一人かい」

男が言い、遠慮なく横に座ってきた。

「…………」

松姫がうつむいて無視していると、男が顔をのぞき込む。

「こんな場所より、もっとおもしろいところがあるんだが、どうだい、おれと一緒に行かねえかい」

いきなり手をにぎってきた。

無礼者。

口には出さぬが、松姫はそんな目で睨み、手を振り払った。

「そう怖い顔をするもんじゃあねえぜ。さ、行こうか」

強い力で手をつかみ、無理やり連れて行こうとする。

「無礼者。放しなさい」

たまらず大声を出すと、店の奥にいた糸が振り向いた。

「お嬢様？」

男に手を引かれている松姫を見た糸が、慌てて表に出ようとした。だが、長床几に腰かけていた人相の悪い男が二人立ち上がり、糸の前を塞いだ。

そのあいだも、姫は連れ去られようとしている。

「離せと申すに」

「武家娘のような言葉を使ってんじゃぁねえよ。おめえがずっとここで寂しそうにしてるから、声をかけてやったんじゃねえかい」

松姫は驚いた。

「では、わざとぶつかったのですか」

「こういうことには、きっかけってもんが必要だからな」

「お嬢様！　お嬢様」

男の仲間に邪魔をされた糸が叫んだ。

すると男が、糸に顔を向ける。

「年増は黙ってな！」

松姫にかける声とは違う声音で怒鳴った。

糸は怒気を浮かべる。

「年増とはなんですか！」

表に出ようとしたが、前を邪魔する男たちに凄《すご》まれて、身を縮めた。

腕から離した。

「さ、行こうか」

無理やり連れ去るつもりで、男は松姫の腕を引く。

「おい貴様！　その手を放せ！」

通りから大声を出した中井が、人をどかせて駆け寄り、男の手首をつかみ、松姫の腕から離した。

通りに突き飛ばされた男が、不敵な笑みを浮かべて中井を睨む。

「てめえ、邪魔をすると、ただじゃすまねえぞ」

そう凄むと、どこからともなく、人相の悪い男どもが集まり、逃げ道を塞いだ。

松姫を背にして守る中井。

手下の男たちが表に出たので、糸は松姫に駆け寄り、背中を抱いて守った。

松姫を攫おうとした男が、悪い顔で言う。

「おい三一《さんぴん》、女の前でいい格好をしたい気持ちは分かるが、おれはこの浅草を仕切る鬼松《おにまつ》一家の者だ。痛い目に遭う前に、そこをどきな」

「貴様らこそ、無礼を働くとただではすまさぬぞ」

中井はやくざたちを睨み、刀の柄をにぎった。

それに応じて、やくざたちが懐に手を入れる。

匕首《あいくち》を呑んでいるに違いない。

刃物を持つ七人を一人で相手にして一度にかかってこられては、剣の腕に覚えがある中井といえども、松姫を守り切る自信はない。

駕籠を担いでいた配下を大門屋に残したことを後悔したが、もう遅い。

命に関わるやりとりに、その場が一気に緊迫した。

揉《も》めごとに気付いた人々が通りに立ち止まり、喧嘩《けんか》だ斬り合いだ、と騒いで、余計にやくざたちを高揚させ、引っ込みをつかなくさせている。

まだ互いに刃物を抜いてはいないが、やくざたちは足を開いて腰を下げ、襲いかかる隙を狙っている。

中井は仕方なく、

「ええい、下がれい！　貴様ら、ここにおわすお方を、どなたと心得る！」

後ろにいる松姫を示して怒鳴った。

何を言うのかと、やくざたちが怯んだように見えた。

中井は得意顔となり、

「何を隠そう。このお方は、東照神君《とうしょうしんくん》家康公の……」

ふたたび松姫に振り向いた中井は、愕然とした。そこには、見目麗《うるわ》しき姫ではなく、だんご屋の老婆が立ちすくんでいたからだ。

示されてぎょっとしている老婆に絶句した中井が、松姫の姿がどこにもないことに気付き、ごくりと喉を鳴らした。

じりっと詰め寄る悪《あ》しき気配に、中井はゆるりと振り向き、

「たっはっはっはぁ」

と、豪快に笑って誤魔化した。

やくざの男が、馬鹿にした顔で言う。

「東照神君様がどうした」

「いや、つまりだな……」

「てめえ、なめてんのか」

やくざが匕首を抜いた。中井に白刃の切っ先を向けて、角に追い込む。

「ま、待て、話せば分かる」

男が中井を睨みつつ、手下に命じる。

「おい誰か、奥に逃げた女を連れてこい」

「へい兄貴」

手下が応じて、店の中へ駆け込むと、すぐに戻ってきた。

「兄貴、もぬけの殻だ」

「なんだと！」

「裏から逃げちまったようで」

「馬鹿野郎！　まだ遠くに行っちゃいねえ。連れ戻してこい」

「へい」

手下は下っ端二人を指差して、

「おう、行くぜ」

三人が姫を追おうとしたので、中井は刀を抜いて、止めようとした。その隙を突くように、やくざが横っ腹を狙って突いてきた。

中井は咄嗟にかわし、刀を打ち下ろしたのだが、相手はすばしっこく刃をかい潜り、ふたたび対峙《たいじ》した。

「やい三一、覚悟しな」

「いい加減にしろ。貴様ら、紀州藩を相手に戦《いくさ》をする気か」

中井はついに、紀州藩士であることを告げた。

家康公直系の親藩である紀州藩の藩士と聞き、さすがの鬼松一家も臆病風に吹かれた。

このことが奉行所に知られれば、一家の者はことごとく捕らえられ、獄門《ごくもん》だ。

「あ、兄貴、どうするよう」

弟分に言われて、松姫を連れ去ろうとしていた男はいきがった。

「し、しゃらくせぇ。やっちまえ！」

言いつつも、完全に腰が引けている。

こうなると、中井が俄然有利。余裕を持って刀を峰に返し、前に出た。

「たあ！」

大上段に構えて気合を炸裂《さくれつ》させるや、やくざたちがわっと下がって尻餅をつき、

「に、逃げろ！」

と、三人に姫を追わせたことなど忘れて、蜘蛛《くも》の子を散らすように、人混みの中に逃げ込んだ。

「ふん、口ほどにもない」

中井は大見得を切って刀を納めると、

「姫が危ない。姫、姫はどこだ」

急にうろたえて、店の裏口へ向かった。

「なんでい、もう終わりかい」

などと言いながら、野次馬たちが散っていく。その中で、一人の町人が、鋭い目をだんご屋に向けていた。

「聞いたか」

と、独り言のように言うと、すぅっと、隣に男が並んだ。これも、町人の格好をしているが、見る者が見れば、武芸者だと分かる。

「聞いた。紀州の藩士だと申したな」

「では、だんご屋にいた娘は、頼宣の娘か」

「あるいは、側室」

「まあ、どちらでもかまわぬ。今の男を追え。女と接触したら、三人とも捕らえるのだ」

「承知」

仲間が走り去るのを見もしない男は、人混みに紛れて消えた。

四

その頃、松姫と糸は浅草の道を、御米蔵のほうへ向かっていた。

この通りは、蔵米俸給の時期は米俵を積んだ荷車が行き交い、札差《ふださし》の者や侍たち、米を運んできた者たちでにぎわうのだが、今年の俸給が終わった今では、浅草寺門前にくらべるとずいぶん人通りが少ない。

その通りを振り返りながら、糸が松姫に言った。

「姫様、確かでございますか」

「間違いはせぬ。確か名は善衛門殿と、信平様がお呼びになられた。糸も、顔は覚えておろう」

「覚えていますとも」

「そのお方が、こちらに歩いて行くのを見たのです」

二人はしきりにあたりを見回し、善衛門を捜していた。

松姫は、中井がやくざを相手に揉めている時、我関せず、といった顔で野次馬の中を通り過ぎて行く善衛門の姿を見かけ、だんご屋の裏口から出て追ってきたのだ。

「見当たりませぬねぇ。どこに行かれたのでしょう」

「もう少し先まで行ってみましょう」

松姫は通りを南に歩みながら、善衛門を懸命に捜している。

その二人が背後を通り過ぎたのに気付かぬ善衛門は、菓子屋をのぞき、信平とお初への土産にと、まんじゅうを選んでいた。

「これをもらおう」

「へへ、どうも」

店のあるじが愛想をして、まんじゅうを経木《きょうぎ》に包んだ。

善衛門は、狐のちょうちん事件で助けた久米《くめ》八太郎《はちたろう》の父、四太郎《よたろう》から食事に誘われ、浅草寺からやや北西に向かった地にある伊予《いよ》大洲《おおず》藩《はん》六万石、加藤《かとう》出羽守《でわのかみ》の上屋敷を訪れた帰りだ。

上屋敷内の長屋にある四太郎宅には昨日の昼から出向き、日がかたむきはじめた今の今まで、囲碁を楽しんでいた。

倅《せがれ》八太郎は、事件以後に忠義を認められて勘定組頭に出世し、今は藩侯の供をして四国へ国入りしている。

「一年は戻らぬ」

と、老いた四太郎夫婦は寂しそうであったが、善衛門が泊まったことで、幾分か気が紛れたようである。

で、信平とお初に、旨いと評判のまんじゅうを買って帰ることを思いつき、店に立ち寄ったのだ。

できたてでまだ温かいまんじゅうを詰めた包みを受け取ると、

「殿は大人しゅうしておるであろうか」

などと思いつつ、通りに出た。

大川の渡し舟に乗るため通りを南に向かい、名も知らぬ武家屋敷の角を左に曲がろうとした時、

「もし……」

と、背後で若いおなごの声がした。

若いおなごが自分に用などなかろうと思った善衛門は、振り向きもせず大川に歩む。

頃合いよく舟が来ておればいいが、と思いつつ、人通りが少ない道を歩んでいると、

「あの、もし、ご隠居様」

ふたたび声をかけられた。

ご隠居ではないゆえ自分ではあるまいと思ったが、どう見ても、周囲にそれらしい年層の男はおらぬ。

善衛門は、むっとして振り向いた。

すると、声相応の若い女が立っていて、善衛門に頭を下げた。

わしは隠居ではない、と言いたいところをぐっと堪えて、

「それがしに、何か御用かな」

と、意識して背筋を伸ばした。

「はい」

遠慮がちな笑みを浮かべる女の後ろには、こちらに背を向けている娘がいた。

善衛門がその娘に目を向けていると、それを遮るように女が立ち位置を変えたので、

「用があるなら、早《はよ》う申さぬか」

と、不機嫌に言う。

すると女は、探るような、それでいて、申しわけなさそうな面持ちで言う。

「実は、わたくしどもは先日、あなた様と信……、いえ、その、松平様に助けていただきました者でございます。たまたま、お姿をお見かけしたものですから、お声をかけさせていただきました」

善衛門は考えた。

「はて、そのようなことがあったかの」

「ございました。手前どものお嬢様が、腹痛を起こして難儀をしていた時にお助けいただき、浅草のだんご屋で、お薬をいただきました」

「おお、あの時の。確か、桔梗屋《ききょうや》の娘御であったな」

善衛門が、背を向ける娘に言うと、またもや女が視界を塞いだ。

「あの時は大変お世話になりました」

必死に作り笑いを浮かべるので、

「う、うむ」

善衛門は気持ち悪くなってきて、一歩下がった。

「手前どものあるじが、改めてお礼に上がりたいと申しておりますので、是非とも、松平様の御屋敷をお教えいただきとう存じまする」

べつに隠す必要もないので、

「ああ、それならば、深川の……」

と、屋敷の在所を教えようとした善衛門だったが、こちらに背を向けている娘の先に、人相と身なりが悪い輩が近づいてくるのが見えた。

娘に向ける目つきは、狙った獲物を見つけた下品極まりないもの。

「娘御、こちらに下がりなさい」

そう言って出た善衛門は、二人を背に守り、人相の悪い男どもを見据えた。

三人連れの男たちは、年を取り、痩せている善衛門に臆することなく歩み寄る。

「すみませんがね旦那、そこをどいてもらいましょうか」

背が高くよい体軀《たいく》をしている男が、白い目を不気味に光らせてそう言った。

善衛門は引かぬ。

「この娘御に、なんぞ用か」

「用があるから言っているのですよ」

「どのような用じゃ」

男は片笑む。

「旦那には関係のねぇことでさ」

「狼《おおかみ》の前にうさぎを差し出すような真似はできぬな」

と言って笑う善衛門に、やくざたちが苛立った。

「わけの分からねぇことをおっしゃいますと怪我しますぜ、ご隠居の旦那」

体軀がいい男が声音を低くし、威嚇するように言う。すると、背後にいる二人が懐に手を入れて、左右に広がった。

善衛門は口をむにむにと動かし、ふん、と鼻息を鳴らす。

「わしは隠居ではないわ、このうつけどもめが」

言うなり、まんじゅうを懐に押し込み、家光公より拝領の左門字《さもんじ》を抜刀した。

刀を抜かれて一歩も引かぬやくざどもを相手に、善衛門は左門字を峰に返して正眼に構えた。

体軀がいいやくざが下がり、二人の手下に顎《あご》を振って合図する。

応じて匕首を抜いた手下たちが、切っ先を善衛門に向けるやいなや、

「やっ」

と気合をかけ、左右から同時に突いてきた。

善衛門は小手先だけで素早く刀を振るい、突き出される手から、匕首をたたき落とした。

わっと、悲鳴をあげて下がり、尻餅をついた手下二人が、手首を押さえて呻いている。

老人とは思えぬ太刀《たち》さばきにぎょっとなったやくざが、慌てて下がり、匕首を抜いた。

「貴様は容赦せぬぞ」

善衛門が刃を返すと、やくざはさらに下がった。

「お、覚えてやがれ」

言葉を吐き捨て、走り去った。

「兄貴！　待って！」

手下どもは、善衛門を恐れて下がり、匕首も拾わず逃げた。

「ふん、覚えておれと言うても、もう忘れたわい。まったく、けしからん奴らじゃ」

憤慨して左門字を納める善衛門に、供の女が言う。

「あの者たちには、浅草で絡まれたのでございます。危ないところを助けていただきました。これで、二度も助けられました」

二人揃って、神妙な顔で頭を下げる。

「なんの、気になさるな」

こういう時の善衛門は、あっさりとしたものだ。

「まだそのへんにおるかもしれぬゆえ、帰りはくれぐれも気をつけるがよい」

そう言って、舟の乗り場に行こうとすると、

「あの、もし」

供の女が呼び止めた。

「なんじゃな」

「御屋敷は、深川のどちらでしょうか」

「おお、そうであったな」

詳しい道のりを教えようとした時、

「舟が出るぞぉ！」

と、渡し舟の船頭が叫んだので、

「礼には及ばぬ。では」

置いて行かれてはたまらぬと、善衛門は走った。

「待て、待ってくれ！」

よろよろとした足取りは、やくざたちを相手に見せた剣術を遣う者とは思えぬ弱々しさである。

「ああ、行ってしまわれた」

供の女、糸は肩を落とし、松姫を気にした。

岸辺まで歩んだ松姫は、悲しそうな面持ちで、岸を離れる渡し舟を見送っている。

「姫様、申しわけございませぬ」

松姫は糸に振り向き薄い笑みを浮かべて首を振った。

屋敷の在所を聞きそびれた松姫であるが、糸に促されて帰途についた時には、近いうちに大川を渡る決意をしていた。

町中を歩みながら、松姫は言う。

「糸、今宵《こよい》は、大門屋に泊めてもらうことにします」

「はい……、ええ！」

やくざたちを警戒するあまり、生返事をしていた糸は、驚いて立ち止まった。

松姫は、止まらず歩んでいる。その強い意志にうろたえた糸が、追って走る。

「姫様、今なんとおっしゃいましたか」

すると、止まって振り向いた松姫が、

「明日は深川にまいる。よいですね」

嬉しそうに目を輝かせて言うものだから、嬉しくなった糸は、思わず、笑顔でうなずいてしまった。

五

松姫と糸の行方を捜していた中井は、通りの辻から姿を現したやくざたちに気付いて、咄嗟に隠れた。

松姫を追っていったやくざたちは、物陰に隠れる中井に気付かず、何かから逃げるように向かってくる。

つと、やくざの前に出た中井が、

「おい！」

と怒鳴るやいなや、体軀がいい男の胸ぐらをつかんだ。

「姫様はどこだ！　言え！」

商家の板壁に押しつけ、油断なく他の二人を睨んだ。

善衛門に打たれた手首を押さえて、顔を歪めている手下は、中井の剣幕に怯えた様子で、二歩三歩と下がる。

「今日は、踏んだり蹴ったりだ」

手下は、横にいる仲間にそう言う。

言われた仲間は、青い顔をしている。

「じょ、冗談じゃねぇや。紀州藩に喧嘩を売った兄貴のせいで打ち首になるのはまっぴらだ」

二人は離れ、中井に捕まっている男を見捨てて逃げた。

「見捨てられたな貴様」

「う、うるせえ」

「何！」

襟《えり》を絞め上げると、やくざはこめかみに青筋を浮かべて、歯を食いしばった。

「ぐ、ぐるじい」

「正直に言えば離してやる」

「………」

やくざは奇妙な声をあげて、

「言います、言いますから」

苦しそうに言う。

中井が手を放してやると、やくざは地べたに膝をつき、喉を押さえて咳き込んだ。

「言え、姫様はどこだ」

「ひ、姫様って、い、いってぇ誰のことで」

「とぼけるな、お前が追った娘だ」

「それなら、爺《じじい》と一緒ですよ。御蔵北《おくら》から、大川の渡し舟に乗るのじゃねえかと。嘘じゃねえですよ。あっしら、その爺《じじい》にこっぴどくやられましたんで」

中井は疑った。

「爺とは何者だ」

「し、知らねえです。やけに強《つえ》え爺です」

「…………」

中井が御米蔵のほうへ目を向けると、やくざが言う。

「旦那、正直にお話ししたんで、もういいですかい」

「だめだ。案内しろ」

「かか、勘弁してくだせえ。また爺に見つかったら、今度こそ殺されちまいますよ」

「ここで殺してもいいのだぞ」

中井が脇差しを抜いて頬に当てると、やくざは顔を引きつらせた。

「行きやす。行きやすよう」

半べそをかいて、とぼとぼと御蔵の北へ戻るやくざの後ろにぴたりと付いて行く中井であるが、背後に気配を感じた。

先ほど逃げ去った仲間が戻ってきたのかと思ったが、行き交う人のあいだに見えたのは、町人の身なりをした曲者。

「おい、黙ってそこを左に曲がれ」

勘が働いた中井は、やくざを商家のあいだに入らせた。

長屋の路地に入る木戸の前を素通りさせ、大川の河岸に突き当たったところで右に曲がらせた。

素直に従って曲がったやくざの腕をつかみ、強く引く。

「だ、旦那どうしたんで」

「死にたくなければ走れ」

味噌の大樽《おおだる》が干されたあいだを走り抜け、板塀に立て掛けられた木材のあいだに身を隠した。

「旦那……」

「しっ！」

中井は、不安そうなやくざの身体を押さえ、身を潜めた。

すると、一人の町人風の男が小走りでやってきた。中井たちが隠れている前で足を止め、あたりを見回している。

男は、しまった、という表情をしたが、すぐに歩きだし、気配を探りながら川下へ向かった。

そのすぐ後ろに出た中井が、

「それがしに何か用か」

刀の柄をにぎって声をかけた。

振り向いた男は動揺し、一瞬目をそらしたと思うやいなや、何かを投げ付けてきた。

咄嗟に顔をかばった左腕に何かが当たり、白い粒がはじけた。

「うはっ」

「うえ、なんだこりゃ」

酷い刺激臭がして、中井とやくざは、息苦しくなった。

中井は、咳き込みながらも抜刀した。だが、その時にはもう、男の姿はどこにも見えなくなっていた。

「逃げられたか」

捕らえて正体を暴こうとしていた中井は、悔しがった。

藩を狙う由井事件の残党かと疑い、咳き込んでいるやくざの腕をつかんだ。

「おい、まさか姫様は、爺に攫われたのではなかろうな」

地べたに座り込んでいるやくざは、首を振り、

「前から、知り合いの、ようでしたぜ」

苦しそうに答えて、あっしらから、姫様を守ったんですから、と、悪びれもせずに

言う。

「とにかく案内いたせ、ええい、早うせぬか」

「へい」

中井の剣幕に、やくざが飛び上がるように立ち上がった。

尻をたたいて案内させた船着き場に、松姫の姿はなかった。

焦った中井が問う。

「お前が姫様に追い付いたのは、いつ頃のことだ」

「まだ半刻も過ぎちゃいませんや」

中井は大川の対岸を見た。

「この渡しは、どこに着くのだ」

「さあ、あっしは、大川を渡ったことがねえもんで」

「ええい」

中井は苛立ち、通りがかった行商の男を捕まえて訊いた。

「それでしたら、対岸の本所ですよ」

行商の男は大川の対岸を指差し、舟が見えるところだと教えた。

中井が見ると、小さく見える舟から、人が降りていた。顔が分かるような距離ではない。

教えてくれた行商の男は、訊きもしないのに教えた。

それによると、船着き場の向こうは、田んぼと湿地が広がるばかりだが、小さな町もあるという。武家はほとんど住んでいないらしい。

話を聞く中井が、焦ったように見えたのだろう。行商の男は、何かあったのか訊いた。

「姫様が、何もないとは知らず、渡られたかもしれぬのだ」

攫われたとは言わずにそう言うと、行商の男は驚いた。

「船着き場から駕籠が出ています。駕籠をお使いになって、南の深川あたりに行かれたのではないでしょうか」

中井は唸った。

深川と聞いて、信平の顔が浮かんだのだ。そして、やくざに問う。

「おい、姫は爺と、顔見知りのようだったと言ったな」

「はい、申し上げました」

姫様は、爺を頼り、川を渡られたに違いない。

そう勘ぐった中井は、焦った。

松姫が出歩いていることが先方に知れ、上様のお耳に届いたら一大事。そう思ったのだ。

「旦那、顔が真っ青ですぜ、どうされたんです」

やくざが訊くものだから、中井は怒った。

「こうなったのは、お前のせいだろうが。失《う》せろ」

やくざは、背を向けたところを斬られると思ったのだろう。恐れた顔でそろりそろりと下がり、くるりと背を返して、一目散に逃げ去った。

中井は、行商の男に訊いた。

「舟は一艘《そう》しかないのか」

「ええ、なんでも先日の大雨で流されたそうで、あれが戻るのを待つしかないのでございますよ」

よく聞けば、幕府が認めた渡し舟ではないらしく、対岸の名主が渡しを営んでいるらしかった。

まだまだ未開発の本所村だけに、利用客も少ない。そのため、幕府も黙認しているというわけである。

考えた中井は、行商の男に言う。

「すまぬが、ちと使いを頼まれてくれぬか」

「ええ?」

自分も舟を待っているのだと男が言うが、中井は引かない。

「一刻を争うのだ。上野北大門町は分かるな」

「へい」

「寛永寺黒門前の通りに、大門屋と申す蠟燭問屋がある。そこのあるじに、中井春房は深川に渡ったと知らせてくれ。これは、迷惑料だ」

中井が金一両も渡したので、

「ここ、小判」

行商の男が目を丸くして、喜んで引き受けた。

走り去る行商の男を見送った中井は、西日を背に受けながら舟を見た。いらいらしながら待つこと程なく、船着き場に滑り込んだ舟に飛び乗り、大川を渡った。

舟が川面《かわも》を滑りはじめるのを待って、河岸の、柳の陰から現れた町人の男がいた。先ほど、中井に見つかった町人風の男だ。

「深川とは、都合がよい」

町人風の男の背後に来た男がそう言い、小判を振って見せる。荷は持っていないが、先ほどの、行商の男だ。

「情報と一緒に金までくれるとは、間抜けな野郎だ。おれはあのお方に知らせる。お前は奴の跡をつけろ」

「承知」

町人風の男は、河岸に舫《もや》ってある小舟を勝手に拝借すると、渡し舟を追って艪《ろ》を漕《こ》いだ。

見送っていた行商の男は、その場を離れ、夕餉の支度で煙る路地に、姿を消した。

第三話　再会

一

「それで、どうなったのじゃ」

鷹司松平信平は、潰れたまんじゅうを眺めながら、善衛門に話の続きを求めた。

まんじゅうの皮が破れて、あんこがはみ出ている。形はともかく、近頃江戸で評判の品とあって、味は美味しい。

なかなか答えぬので見ると、善衛門は口をとんがらかせてもぐもぐとやっていたが、まんじゅうを喉に詰まらせ、胸をたたいた。

お初に湯飲みを渡され、慌てて飲み込む。

「ああ、死ぬところでした」

涙目になっている。

「一口で食べるからですよ、はしたない」

ぴしゃりとお初に言われて縮こまる善衛門は、口に付いたあんこを拭き、落ち着いたところで信平に顔を向けた。

「どこまで話しましたかな」

「やくざ者に絡まれたと……」

「おお、そうでした。やくざは追い払ったのですが、その絡まれたおなごがほれ、浅草で腹痛を起こした、桔梗屋の娘御でしてな。覚えておられますかな」

「ふむ、なんとなく」

「いやぁ、あの娘御は、そんじょそこらにいるおなごとは違いますな。殿の奥方様も、あのように美しき姫だったらよいですなあ」

「…………」

信平は黙っていた。まだ見ぬ妻のことを想像すると、どうしても、江戸城で会った頼宣侯の顔が浮かぶのである。

かぶりを振って、幻影を消そうとしたのが分かったのか、お初がくすりと笑った。

「うん、なんじゃお初」

善衛門が訊くと真顔になり、静かにお茶を飲んだ。

善衛門は気にせず、信平に向く。

「話の続きですが、実は桔梗屋のあるじが、先日の礼などをしたいと申しておるとかで、この屋敷の在所を訊かれたのですが、教えるのを控えましたぞ」

「ふむ、それでよい」

信平はお茶を飲みかけて、ふと、お初を見た。

何を思っているのか、お初は首をかしげて、難しい顔をしている。

「どうしたのじゃ」

信平が訊くと、お初が目を合わせ、善衛門に顔を向けた。

「今気付いたのですが、桔梗屋というのは、浅草寺門前の、あの桔梗屋ですか」

「確か、そうだったと思うが」

善衛門が答えると、お初はまた首をかしげる。

「でしたら、変ですねぇ」

「何がじゃ」

「桔梗屋に、娘はいなかったはずです」

善衛門は驚いた。

「まことかお初、おぬし、桔梗屋を知っておるのか」

「はい。御曲輪《くるわ》内の御屋敷勤めをしていた頃に、時々店に行っていましたから。主人夫婦には、跡取り息子が一人いるだけだと思っていました」

「ということは、娘御はわしに、嘘をついたということか」

「まだそうと決めるのは早いかもしれませぬが」

「桔梗屋違いかもしれぬぞ」

信平が口を挟む。

「江戸は広い。同じ名の商家が、他にもあるのではないか」

善衛門が首を振る。

「菓子屋の桔梗屋と申せば名が知れた老舗《しにせ》。同じ浅草に、二軒はありますまい」

のんびりしている信平は、広げた扇子で口を隠してあくびをした。

まさか松姫が出歩いているとは考えもせぬ信平は、桔梗屋の娘というのは偽りではないか、と、お初が言うので、

「身分を明かせぬ事情でもあったのであろう」

そう勘ぐって言い、お茶を飲んだ。

当の本人と会った善衛門は、口をむにむにとやる。

「身分を隠して他人の屋敷の在所を知ろうとするとは、けしからんことですぞ」

憤慨を隠さぬ善衛門であるが、歩けばおなごが振り向く信平の横顔を見て、

「殿に、惚《ほ》れ申したかの」

ぼそりと言い、お初に睨まれて首をすくめた。

「麿には正室がいる。つまらぬことを申すでない」

まだ見ぬ相手でも、共に暮らすことに興味がなくとも、妻は妻。他のおなごに目を向けてはならぬと、信平は思っている。

「これは、いらぬことを申しました」

善衛門が、哀れみを浮かべて見るので、信平は片眉を上げる。

「どうしたのじゃ？」

「一途《いちず》なことはよいことです。ですが、千石取りにならねば奥方様がいらっしゃらぬと思うと、殿が哀れに思えましてな」

濡《ぬ》れてもいない目を押さえる善衛門を見て、次に出てくる言葉を想像した信平は、背を向けて横になった。

聞かぬ、と無言で訴える信平の背中に向かって、善衛門は負けじと言う。

「殿、あの久米八太郎が、藩の勘定組頭に出世しておりましたぞ。殿も上様に忠義を

示されませ。ご機嫌うかがいなどをなさるのも手ですぞ。そして何か、お役目をいただくのです。さすれば千石も夢ではござらぬ」

それにはどうのこうのと、いろいろ夢物語を語る善衛門の声を子守唄に、信平はうたた寝をはじめた。

優しく背中をたたかれて目をさますと、善衛門はすでに自室に引っ込み、お初が寝床の支度ができていると言う。

信平は部屋に行き、寝る支度をして布団に入った。

翌朝、お初に聞いたところによると、善衛門はあの後しばらく、一人で語っていたらしい。

少々機嫌が悪い善衛門の顔を見ながら、出世のことは何も語らず朝餉をすませた信平は、関谷《せきや》道場に行くと告げて屋敷から出かけた。

二

この日は、道場に珍しい顔があった。

師、関谷天甲《てんこう》の娘紗代《さよ》が、見所《けんじょ》で稽古を見ていたのだ。

二十歳を過ぎたばかりの紗代は、大身旗本の堀田《ほった》某《なにがし》の屋敷で奥女中をしているのだが、短い暇《いとま》を許されて実家に帰っていた。

その紗代が見守る中、天甲が高弟の和久井《わくい》仁兵衛《じんべえ》を相手に立ち合いをするというので、信平は矢島大輝《やじまだいき》と並んで壁際に座し、見学した。

裂帛《れっぱく》の気合と共に、双方が激しく木刀をぶつけた。

「おい、弥三郎を見ろ」

矢島が小声で言い、反対側に座っている増岡弥三郎を顎で示した。

弥三郎は立ち合いを見ずに、やや目を下げて一点を見つめ、考えごとをしている。

矢島が言った。

「好きだったおなごが他の男と夫婦になったことを、まだ引きずってやがる」

「隣の家の、おみっちゃんとやらのことか」

「知っていたのか」

「弥三郎から聞いている。もう人の妻になったのだから、忘れるしかあるまい」

「隣だから悪い。忘れようにもちょくちょく顔を見るものだから、ああして想ってしまうのだ」

「人を好くというのは、そういったものなのか」

まだ恋を知らぬ信平は、弥三郎から顔を転じて、立ち合いを見守った。

師に挑む和久井の気迫は凄《すさ》まじく、太刀筋も悪くない。

突くと見せかけて下から斬り上げる太刀さばきは見事で、さすがの天甲も、受けるのがやっとの様子だ。

その、天甲の目が、想いに呆ける弥三郎に止まった。

隙と見て打ち込もうとした和久井に手の平を向けて止め、

「増岡」

と、天甲が声をかけても、こころここにあらずの弥三郎は気付かない。

「増岡！」

割れんばかりの怒鳴り声に、ようやく顔を上げた弥三郎が、師匠に睨まれ、皆に注目されていることに気付いて狼狽《ろうばい》した。

「師であるわしの立ち合いを見ずに考えごとをするとは何ごとか」

「も、申しわけございませぬ」

天甲は、稽古に厳しく、また、門弟も大切にするがゆえに許さない。

「何か、厄介なことにでも巻き込まれておるのか」

と、まずは門弟の身を案じる。

「いえ」

「では、たいしたことではないことで、稽古をおろそかにしたか」

「……………」

「申せ」

「はっ」

「何を考えていた」

「そ、それは……」

弥三郎は顔を赤くしている。

「女のことか」

「……………」

「お前の年頃じゃ。女のことで悩むこともあろうが、神聖な道場で呆けるほど、深刻なことなのか」

「は、はあ、いえ」

「どっちじゃ」

「申しわけございませぬ」

こってりとしぼられた弥三郎は、平伏《ひれふ》してあやまるばかりだ。

冷や汗で背中を濡らす弥三郎を見下ろす天甲に、

「父上」

と、見所に座る紗代が声をかけた。

神聖な道場で、しかも父の稽古を軽んじた弥三郎のことが許せぬのか、

「わたくしめに、その者と立ち合いをお許しください。根性をたたき直してさしあげます」

と、凜《りん》とした顔で言う。

平伏していた弥三郎は頭を上げ、許しを乞う面持ちで、師を見た。

紗代が天甲の娘であることは皆知っているが、武術を遣うことは一部の者しか知らない。それは信平も同じで、久々に里帰りした娘が、父の道場を見学しているだけだと思っていた。

「こ奴の根性をたたき直すとな。それは良い。お灸《きゅう》をすえてやりなさい」

天甲が頼もしげに言うので、弥三郎はごくりと喉を鳴らし、おっかなそうな顔を紗代に向けた。

紗代はすたすたと壁に向かい、木刀と共に掛けてある木製の薙刀《なぎなた》を取ると、自分の手に馴染《なじ》む物を選んで戻り、弥三郎が来るのを待った。

「どうした弥三郎、前に出ぬか」

天甲に命じられて立ち上がった弥三郎は、小袖に素早く襷を掛けた紗代に睨まれて、肩をすぼめるようにして礼をした。

師匠の血を引く者と申しても、相手はか弱きおなご。

このところ技量をぐっと上げている弥三郎は、いざ正眼に木刀を構えると、さすがに落ち着きを取り戻し、隙を見せぬ。

薙刀を脇に抱えた紗代は、鋭い目を向けて対峙した。

「はじめ！」

審判の和久井が声を張りあげるやいなや、

「やあ！」

甲高い声で気合をかけた紗代が、薙刀の切っ先を床すれすれに下げて迫り、弧を描いて払い上げた。

「おう！」

と応じた弥三郎が、腹部を狙った薙刀を払おうと、正眼から素早く木刀を打ち下ろす。

木と木がかち合う音がかつんと響くや、紗代は薙刀をくるりと回して受け流し、

「えい！」

柄で弥三郎を打った。

肉を打ち据える音がして、弥三郎が右に吹っ飛んだ。

道場にどよめきが起きる。

弥三郎はいったい何が起きたか分からないのか、目を丸くして、左腕を押さえた。

「まだまだ！」

まぐれだと言わんばかりにすぐに立ち上がり、正眼に構える。

そこへまた、床を這《は》う薙刀の切っ先が襲った。

同じ手は食わぬと飛びすさった弥三郎だが、手の中で柄を滑らせた紗代の技により、薙刀が伸びるように襲いかかる。そして、飛びすさる弥三郎の足を払った。

腰から床に落ちた弥三郎が激痛に呻いたが、歯を食いしばり、負けじと起き上がろうとした。だが、喉元で薙刀の切っ先がぴたりと止められ、

「ま、まいった」

たまらず、降参した。

ふっと表情をゆるめた紗代が、

「筋は悪くないようですが、道場に雑念を持ち込むから負けるのです」

優しくも毅然《きぜん》と言う。

これだけで、弥三郎の胸に電撃が走ったようである。呆けたような顔で紗代を見ると、鼻の下を伸ばして口を半開きにしている。

紗代様ぁ、と言って、手をにぎってきそうな気配を察した紗代が、くるりと背を返して、その場から離れた。

稽古が終わり、皆が井戸端で身体を拭いている時も、弥三郎はぽかんと口を開けて、気持ち悪い笑みを浮かべている。

それを見ていた矢島が、鼻先で笑った。

「荒療治で隣の女のことは忘れたみたいだが、今度はお嬢様にいかれちまったみたいだぜ。重傷だな、こいつの頭は」

声は聞こえているはずだが、弥三郎には響かぬ。

「強いおなごも、いい」

と、にやけて言う弥三郎は、道場を出る頃にはすっかり明るさを取り戻し、元気な足取りで信平と並んで、家路についた。

三

その頃、深川八幡宮門前の船着き場に、一艘の屋形船が到着した。

上野北大門町の蠟燭問屋、大門屋徳三郎宅で外泊をした松姫は、大門屋が用立てた舟で大川をくだり、この深川にやってきたのだ。

吹上の屋敷には、駕籠かきの一人、菅井半平太《すがいはんぺいた》を走らせて、大門屋に泊まることを知らせた。

もう一日だけ寛永寺で過ごすことを願った文を持たせたので、それは許さぬと、父頼宣が迎えをよこすかと心配したが、戻ったのは菅井だけだった。

「明日一日だけ許す」

との返答を持っていたので、

「姫様が元気をとり戻されてございます」

と、糸が文にしたためたのがよかったのだと、二人は思った。

だが、許されたのは他に事情があった。

松姫と糸には知らされなかったが、この時、吹上の屋敷では、ちょっとした騒動が起きていたのだ。

藩主頼宣侯が、幕府大老酒井《さかい》左少将《さしようしよう》忠勝《ただかつ》に、浪人狩り騒動のことで問いたいことがあると言われ、本丸御殿に呼び出されたのである。知らせを受けてただちに登城せんと支度をしていたところへ菅井が戻ったため、

「好きにせい。ただし一日だけだぞ」

と、頼宣は言い、慌しく屋敷を出た。

おかげで外泊を許されたのだが、中井が深川に渡っていることも知らぬ松姫たちは、自分たちが大門屋にいることを知って、血相を変えて戻ってくるかと思った。

中井をどのように説得するかを二人で思案したが、結局夜が明けても姿を見せないので、早めの朝餉をすませ、計画を実行したのだ。

松姫と糸は、大門屋が用立てた屋形船に乗り、大川を渡った。深川の土を踏んでいることを頼宣が知れば、おおごとになるのは必定《ひつじよう》。だが、屋形船から降りた松姫は、父に叱られることを恐れるよりも、期待に胸を膨らませていた。

「ここが、信平様がお暮らしの町」

松姫は、家が建ち並んでいる門前の景色を見て感心し、顔を海に転じて、どこまでも広がる海原に、気持ち良さそうに笑みを浮かべた。

屋形船の船頭に何やら伝えた糸が、帯からこころづけを渡して待たせると、松姫に歩み寄る。

「糸、なかなかに、良い町であるぞ」

呑気に言う姫に真顔で応じた糸が、

「お嬢様、この門前町より離れてはならぬそうです」

「なぜじゃ」

「この地はお役人の目が届きにくい地ですので、どのようなことに巻き込まれるか分からぬということです。船頭が申しますには、例の浪人狩りでも、この地ではまるで戦のような捕り物がしょっちゅう起きているそうです」

少々船頭に脅された感はあるものの、用心に越したことはないと、糸は言った。

「では、どのようにして住まいを探すのじゃ」

「行き交う人々をご覧なさいまし。信平様のように狩衣を着た者は見かけませぬでしょう」

「それがどうしたと言うのじゃ？」

「ならばきっと、信平様のことを知らぬ者はいまいかと」

糸はあたりを見回して、店先を掃除していた下女に歩み寄った。

「もし……」

軒先に水を撒《ま》いて掃き清めていた下女が顔を上げると、

「いらっしゃいまし」

中に誘うように暖簾を分けた。

「いえ、客ではないのです。ちと、訊ねたいのですが」

「はい」

なんでしょう、という顔をする下女に、

「このあたりで、狩衣を着た若い殿方を見かけませぬか」

そう訊くと、下女はぱっと明るい顔をした。

「ああ、鷹司様ですね」

「ご存じですか」

「そりゃもう、この深川で知らない者はいませんよう。うちにも時々いらっしゃいますよ」

糸は思わず手をたたき、松姫と顔を見合わせた。信平を知っている者に出会っただけなのに、松姫は恥ずかしそうにしている。

糸は下女に訊いた。

「それで、御屋敷はどちらにおありでしょう」

「さあ、そこまでは」

「知らない。……そうですか」

「でも、この先の道場に通われてますから、ここを毎日のように歩かれますよ」

「ここを？」

「ええ、今朝も出かけられていましたから、そろそろお帰りになる頃ではないですかねぇ。よろしければ、中でお待ちになってはいかがですか。通りが見渡せる部屋が空いてございますが」

下女が示す部屋は、あさり飯を食べさせる店の二階である。

「ではお嬢様、そういたしましょうか」

松姫がうなずくと、

「お二人様ご案内ぃ」

下女が元気に言い、通りを行き交う人々を見下ろせる部屋に案内した。

いっぽう、信平は、妻と知らぬ松姫が近くにいようなどと思いもせず、増岡弥三郎と共に道場を出て、門前町を東に歩いていた。

弥三郎が言う。

「いやあ、それにしても、紗代様があのようにお美しくなられていようとは」

またしても、両目を細めてにんまりしている。試合に負けても、まったく気にしていない様子だ。

「惚れたか、弥三郎」

信平が言うと、

「ああ、そうかもな……」

と言っておきながら、弥三郎、ぎょっとして否定した。

「ば、馬鹿を申すな。紗代様は、あれだぞ」

「うん？」

「だから、堀田家の奥女中であって、そうではないのだ」

「と、言うと？」

「だから、殿様のお手つきとなられたのだ」

悔しそうに言う弥三郎が、こたび正式に側室になることが決まり、しばしの里帰りが許されたのだと教えた。

「だから、惚れてはおらぬと言ってるだろう。憧れだ、憧れ」

「憧れ、とな」

「それは、残念であるなぁ」

それは恋ではないのかと信平は思ったが、訊かなかった。

行き交う人々の流れに沿うように、前を行く商人の背中を見つつ歩んでいたのだが、その先に見える人たちに、乱れが生じた。

遠くからうちわ太鼓の音がして、白装束《しろしょうぞく》の旅の僧が二列に並んで歩いている。

道を空けろとばかりに太鼓を打ち鳴らし、六人の僧がこちらに向かってくる。

信平と弥三郎は左に寄って道を譲り、通り過ぎていく僧たちを見送った。

念仏を唱えるでもなく、うちわ太鼓を大げさに打ち鳴らす一団は、どう見ても、怪しくてうさんくさい。

弥三郎もそう思ったらしく、厳しい目を向けていた。

その横で、町人たちがこそこそ話している声が聞こえた。

「近頃また、妙な輩が増えちまったなぁ、この深川は」

「役人が浪人狩りにかまけてるからだろうよ」

「確かに、物騒な浪人たちの姿を見なくなってからよ、言いがかりを付けられて斬られたりする者が出なくなったな」

「あれだけ役人が必死になればよ、道を歩けまいて」

「次は、今の奴らみたいなのをしょっ引いてほしいもんだ」

「まったくまったく」

そんな会話をしていたが、

「おう、仕事に戻るぜい」

と言い、男たちは大川のほうへ歩みはじめた。

今の二人が言ったように、以前にくらべると、深川の治安は良くなっている。

それがほんとうに、浪人が減ったおかげだとよいのだが、信平は近頃、この深川に違和感を覚えていた。

それが、町中にいる男たちの目つきのせいだとか、何がどうだからだと、はっきりはせぬが、剣を極める者ならば、ふとしたことで、異変を察知することがある。

信平は、さりげなく周囲を探ってみたが、いたる所に監視の目があるような気がして、こころが落ち着かなかった。

「信平、ちと腹が減った。友林堂で餅でも食おう」

弥三郎に誘われて、信平は気配を探るのをやめた。

「草餅か、ふむ、付き合おう」

四

友林堂に到着した信平は、弥三郎と同じ草餅を注文すると、宝刀狐丸を鞘ごと抜いて長床几に腰かけた。

腰かけてすぐ、また誰かに見られているような気がして、さりげなく、ゆっくりと、あたりを見回してみる。

正面には商家が並び、左に転じれば、深川八幡宮の朱色の鳥居があり、その柱の下に身を隠すようにしている人影があるが、待ち合わせの相手が来たらしく、手を振って道に出て、二人肩を並べて立ち去った。

棒に吊るした商品を担いだ棒手振りが歩き、江戸から来た参詣客を相手に土産品を売っている。

「誰かを捜しているのか」

隣で弥三郎が言うので、

「いや……」

と、首を振ると、

「先ほどからずっと、あたりを気にしておるではないか」

弥三郎はそう言って、周囲を見回した。

「誰かに見られているようなのだが……」

「信平はいつも、人から注目されておるからな。まあ、狩衣をやめぬのだから仕方あるまい」

「そういうのではなく、今日は何か、くすぐったいのだ」

「くすぐったい？」

「見守られているような、そうでないような気がする」

お初ではないことは、なんとなく分かっている。

「隠れてこちらを見ている者が、いると言うのか」

「ふむ……」

「そのような者、見えぬがなぁ。気のせいであろう」

「ふむ……」

間もなく小女が出てきて、

「あい、お待ちどおさま」

草餅と茶を置いて、他の客に注文を取りに行った。

信平が皿に手を伸ばした時、

「あのう」

と、声をかけられた。

皿を置いてそちらに顔を上げると、

「先日は、大変お世話になりました」

商家の女中らしき女と、若い娘が、揃って頭を下げた。

「はて……」

いきなりのことですぐ理解できないでいると、顔を上げた女が若い娘を示し、

「先日浅草で助けていただいた、桔梗屋でございます」

そう言うではないか。

信平が見ると、娘は恥ずかしそうにうなずいた。

あさり飯屋の二階で粘っていた松姫と糸は、ついに信平を見つけて、慌てて出てきたのだ。

信平が感じていた視線の正体が、この二人であるかは定かではない。だが、今の信平は、何も感じなくなったのは事実。

長床几に座る信平は、前で笑みを浮かべる二人を見て、

「あの時の……。大事がなくて良かったなぁ」

思わず語尾が京風になった。娘の美しさが前にも増していたように思えたからか、それとも、娘に自然に笑みが浮かんだからか、とにかくなんだか分からぬが、こころがざわめいて、忘れかけていた京なまりが出たのである。

信平の笑顔にうっとりしていた糸が、松姫につつかれ慌てて我に返り、軽い咳をひとつして訊いた。

「松平様は、この近くにお住まいでございますか。さしつかえなければ、御屋敷の在所をお教え願えませぬでしょうか。あるじが、ごあいさつにうかがいたいと申しているものですから」

「桔梗屋の主人が？」

「はい」

お初から桔梗屋に娘がいないと聞いている信平であるが、真意を知りたくなり、ここはあえて問わなかった。

「麿に、どのような用であろうか」

「お嬢様をお助けいただいた上に、昨日も、危ないところをご隠居様にお助けいただ

いたものですから、お礼をさせていただきたいのでございます」

屋敷さえ分かれば、苦労せずに松姫と信平を会わせることができる。そう考えたのか、糸は嘘をついてでも、信平の屋敷を知ろうとしている。

信平は、

「麿も善衛門も、当然のことをしたまで。礼には及ばぬ」

と、教えなかった。

「ですが……」

「まあ、こちらへお掛けなさい」

信平は笑みを浮かべて促し、右側に置いていた狐丸を引き寄せた。

「ここの草餅は美味しいから、麿がご馳走《ちそう》しましょう」

「……では、お言葉に甘えて失礼いたします」

糸が申しわけなさそうに頭を下げて、

「ささ、お嬢様、こちらへどうぞ」

後ろにいた松姫の手を取り、信平の隣へ誘った。

恥ずかしそうに頭を下げた松姫が、顔をうつむけ気味に座った時、軽やかな鈴の音がしたと思うと、甘い香りがほのかにした。

花の香りではなく、おそらく香木《こうぼく》のものであろうが、艶《あで》やかな娘に似合う、それでいて、何やらこころがざわめくような香り。

「いらっしゃいませ」

小女が跳ねるような歩み方でやってきて、二人に注文を訊いた。

それを見計らうように、弥三郎が信平の腕を肘でつつく。顔を向けると、弥三郎は興味津々に、目を輝かせていた。

「おい、知り合いか。凄い美人だな」

「…………」

信平は小さくうなずき、苦笑いを浮かべた。苦笑いとなったのは、緊張している自分に気付いたからだ。

隣に座る桔梗屋の娘のことを、

「殿の奥方様も、あのように美しき姫だったらよいですなあ」

と言った善衛門のことを思い出したせいか、どうも、こころが落ち着かぬ。

このざわめきをなんとかしようと湯飲みに手を伸ばして口につけたが、すっかり空になっていた。

信平がきょとんとしたのがおかしかったのか、隣で松姫がくすりと笑った。

「ああ、すまん。おれが飲んじまった。稽古で喉が渇いていたのだ」

あやまる弥三郎を見ると、

「気付かぬとは、信平らしくないではないか。もしやおぬし、お隣のお人に惚れておるのか」

そう言ってにやけた。

弥三郎には、妻がいることを言っていない。信平がちらりと娘を見ると、娘は驚いたようにうつむき、顔を背けた。

弥三郎にこれ以上言わせるのは娘に失礼だと思い、

「麿には妻がおる」

と、きっぱり言った。

突然の告白に、弥三郎は口をあんぐり開けたまま、固まった。

「あ、あははは。何を言っているのだ、信平」

信平が真剣な顔をしているので、弥三郎も真面目に訊く。

「ほんとうなのか」

「このようなことで、嘘は言わぬ」

「い、いやあ、めったなことでは驚かぬが、これは驚いた。それならそうと、早く言えよ。水臭いではないか」

弥三郎は目を泳がせながら言い、空の湯飲みに口をつけ、ない、と、独りごち、小女にお茶を注文した。

すぐに注がれた熱いお茶をすすり、

「なんだ、そうだったのか。あのお初さんとなぁ」

と、言って、勝手に納得している。

次は信平が驚いた。

「お初？」

「だってそうだろう。信平の屋敷にいるおなごは、お初さんだけだ」

「はあ？　お初は妻ではない」

「それじゃ、いったい誰だ。まさか、朝見の女将か」

「なぜそうなるのじゃ」

「時々店に行っておるし、仲も良いし」

「麿はただの客じゃ」

「そうか、他に信平と関わりがあるおなごとなると……」

考えをめぐらせた弥三郎が、

「いねえな」

と言うと、糸は安堵してうなずいた。

糸と松姫が聞き耳を立てているというのに、信平と弥三郎の問答は続き、

「いったい誰だ。奥方はどこにいる」

「ちと事情があり、今は共に暮らしておらぬ。それどころか、互いに顔すら知らぬのだ」

弥三郎は腕組みをする。

「へえ、お公家さんのすることは、よく分からんな」

「………」

信平は苦笑いをした。

弥三郎が顔を向ける。

「それで、いつ共に暮らすつもりだ」

「さあ」

「さあ？　なんだ、事情は向こうにあるのか」

「いや、麿にある。相手の名は、今はまだ教えられぬが、麿が千石の旗本になるまでは、輿入れを許されぬのだ」

信平は、千石取りのことを正直に教えた。

その横で、松姫と糸がぎょっとして、顔を見合わせている。

事実を知らなかった松姫は、父頼宣がそのように無礼なことを決めていると知り、糸に向ける目に、怒りを滲《にじ》ませている。

信平から話を聞いた弥三郎は、善衛門のように怒るのではなく、感心した。

「相手は、どこぞの姫様か」

ぴたりと言い当てるので、
と訊くと、

「なぜそう思う」

「名門鷹司家血筋の信平が、千石取りになるなんてことは容易《たやす》いと思っているか、あるいは、貧乏旗本に姫はやれぬと、無理難題を承知で千石と申したか、どちらにしても、鷹司信平と祝言を挙げてそのようなことができるとなると、ただの武家ではあるまい。どうだ、図星であろう」

弥三郎はそう並べて、探る顔をする。

信平は微笑んだ。

「まあ、そう思うてくれてかまわぬ。先方がどのように考えておられるのか、麿にはよう分からぬが、五十石の貧乏暮らしであることは確かじゃ。鷹司の血を引く麿が、こうして徳川家に召し抱えられたのも異例のことゆえ、この先、さらに千石を頂戴するようになるとは思えぬし、これ以上望むことはできぬ」

「それは困ります！」

突然の声に驚いて見ると、桔梗屋の娘の隣に座る付き人が、思わず、といった具合に立ち上がっていた。

しまったとばかりに目を見開き、袖を口に当てておどおどするのを、桔梗屋の娘こと松姫が引っ張り、

「落ち着きなさい。もう少しこのあたりを見たいと言っただけではないですか。お父様もゆっくりしておいでと言ってくれたでしょう」

そう言って誤魔化し、長床几に座らせようとした。

反応が鈍い糸は、何を言っているのですか、という顔で松姫を見下ろしている。

「糸……」

松姫が、信平に聞こえぬ小声で言い、困った顔をしていると、糸はようやく察した。

「あ、はいはい、そうでした。で、ですから、それは困りますと、申し上げているの

でございますよ、お嬢様。ね、お花のお稽古もありますし、そろそろ帰らないと」

徐々に落ち着きを取り戻した糸がふたたび立ち上がって、

「すみませんねぇ、騒がしくしました」

と、町人らしく言い、信平に笑顔で会釈した。

まさか我が奥方が隣に座っているなどとは夢にも思わぬ信平は、気にしておらぬ、と言って会釈をして、弥三郎に顔を向けて続ける。

「まあ、そのようなことなのじゃ。まだ見ぬ妻ではあるが、夫婦であることは事実。他のおなごにうつつを抜かしてはならぬと、こころに決めている」

「なるほど、あっぱれであるな」

「あのう」

桔梗屋の娘から声をかけられて、信平は横を向いた。

「…………」

桔梗屋の娘こと松姫は、何かを言おうとしているが、声が出ぬ。

そんな様子を見て、

「いかがされた」

信平は、優しく微笑みかけた。

松姫はますます動揺し、顔を赤らめてうつむいてしまった。そして、何を思ったか、

「帰ります」

突然言い、慌てたように立ち上がって去ろうとしたので、慣れない草履《ぞうり》につまずいた。

「きゃ」

小さな悲鳴をあげて倒れるのを、咄嗟に信平が受け止めた。

信平が地べたに片膝をつき、胸の中に松姫の肩を抱くような形となり、二人は間近で見つめ合った。

こうなるともう、松姫はどうにもならぬ。

白目に青みが残る純潔の眼を瞬《しばた》かせ、見る間に、首筋から血がのぼって顔が赤くなる。

「大丈夫ですか」

「は、はい」

夢にまで見た恋しい夫に抱かれた松姫は、このまま時が止まることを願った。その反面、父頼宣が無礼な振る舞いをしているかと思うと胸が締め付けられ、身を固め

て、目を閉じてしまった。

それを拒みと勘違いした信平は、

「すまぬ」

と、身体に触れたことをあやまり、優しく起こした。

「お嬢様、怪我はありませぬか」

糸が引き受け、身体を心配した。

松姫はどうしたらよいか分からなくなり、その場から逃げようとした。ふと、餅のことを思い出して信平に振り向き、目を合わすのが恥ずかしくて頭を下げた。

「ごちそうさまでした」

小走りで去る背中を見送った信平は、不思議な人たちだと思いつつ、弥三郎と家路につくことにした。通りに騒動が起きたのは、小女に餅代を支払っている時だった。

五

「斬り合いがはじまるぜ」

「よしきた」

大工の格好をした二人がそんな会話を交わし、深川八幡宮の赤鳥居に向かって走りだした。

鳥居の下では、すでに野次馬の人垣ができている。

「おれたちも行って見ようぜ」

弥三郎が誘って向かうので、信平も続いた。

「おい、何が起きている」

弥三郎が町人の背後から訊くと、

「ああ？」

と、面倒くさそうに振り向いた男が、狩衣姿の信平を見て、

「なんだ、公家の旦那たちかい」

すっかり町の顔になっている信平に、鞘が触れた触れないの喧嘩だと教えてくれた。

弥三郎と信平が人垣を分けて前に出ると、

「貴様！　人に鞘をぶつけておいて、なんだその態度は」

一人の侍を五人の侍が取り囲み、息巻いている。

いずれも紋付きの羽織に袴を着け、腰に大小をたばさむ侍であるが、生地の具合か

ら見て、取り囲まれたほうが、家格が上のようだ。

「ありゃぁ、嶋田《しまだ》家の者たちだ。あのお侍、運が悪いや」

「銭か、斬られるかってところか」

「おうよ。たちが悪いや」

野次馬の中でそんな会話が飛び交うと、一人が振り向き、ぎろりと血走った目で威嚇した。

途端に野次馬が黙り、

「うひぃ、恐ろしい」

と、声を潜《ひそ》める。

「周りが騒がしくなってきたことだし、どうだ、誠意を見せてくれたら、この場は丸く収めてやってもよいぞ」

人を見下した言い方をする嶋田家の者に、ぴくりとも動じぬ侍は、

「おぬしら、どこのご家中か」

厳しく見据えて言う。

一歩も引かぬ相手に動じた五人だが、一人が前に出て、

「どこでもよかろう。これは、拙者と貴様の問題だ。さあ、誠意を見せぬか」

責め立てると、

「鞘が当たったことは、このとおりあやまる」

ついに、男が頭を下げた。

月代のてっぺんを向けるのを見た嶋田家の者が、仲間を見てほくそ笑む。

そして、

「足りぬな」

と言って、許さぬ。

「懐の物を出せぬなら、土下座をしてもらおうか」

「お、おのれぃ」

「ああ！　何か言ったか」

「くっ」

鞘が触れたくらいで相手に土下座するなど、武士の誇りが許さぬ。思わず刀の柄に手を掛けたのを見て、五人が一斉に抜刀した。

「それがしは紀州徳川家家臣、中井春房だ。刀を引かねば、ただではすまぬぞ」

中井は最悪の事態を避けるために、またしても藩の名を出した。

「紀州だと」

「さよう、我があるじは、紀州徳川頼宣侯だ」

将軍家親藩の名を聞いて、さすがの五人も臆病風に吹かれたようだ。

相手は神君家康公の息子の直臣《じきしん》。対する己らは、将軍家直臣である旗本に仕える身。仕える家柄は、中井のほうが上である。

それぞれが顔を見合わせて、刀を持つ手の力がゆるんだかに思えたが、中井と対峙していた男は、引かなかった。

「騙されるなよみんな。紀州徳川家の家臣が、この深川にいるはずはないのだ」

この連中も、深川に渡されたあるじ共々、未来を悲観しているのだろう。徳川頼宣の直臣が、江戸ではない深川に来るわけはないと、決めつけている。

今の言葉で、四人が顔に怒気を浮かべた。刀を正眼に構え、中井にじりじりと迫る。

これに応じて、中井も抜刀した。

「ちと、借りるぞ」

信平は、隣にいた町人が持っていた釣《つ》り竿《ざお》を奪い、軽やかに振るった。

中井に迫ろうとしていた侍の一人が、釣り針で後ろ襟を引っ張られて出鼻をくじかれた。

「おっ、このっ！」

首のあたりに不快を覚えて手を回すが、強い力で引かれて尻餅をついた。

「大物が釣れたぞ」

信平が言うと、野次馬がどっと笑った。

竿を弥三郎に渡した時に侍たちが一斉に振り向いたので、弥三郎は慌てた。

「お、おれじゃないぞ」

「おのれ若造、邪魔をするか！」

侮辱に怒った侍が、弥三郎に刀を振り上げたが、狩衣姿の信平に気付いてぎょっとした。

すぐに刀を下ろし、

「これは、鷹司松平様」

顔色を真っ青にして、頭を下げた。

「嶋田殿の家臣と聞いたが、麿を知っておるのか」

「はい」

「そうか。麿は先ほどから見ていたが、このような振る舞いを、主明殿《しゅめい》が許されようか」

「…………」

信平に言われて、侍は押し黙った。他の者も、刀を下げて顔をうつむけている。

この者たちのあるじ、嶋田主明は、関谷道場に通う二百石の旗本。まだ歳は二十五歳と若いが、病没した父に代わり、去年家督を継いだばかりである。

「若いがなかなかの人物」

と、師、関谷天甲は褒めているが、こころ優しいのをよいことに、古い家臣は好き放題に振る舞っていると聞く。

町で嶋田家の評判が悪いのは、今日のように、家来が横暴な振る舞いをするからだった。

あるじ主明から、狩衣を着た信平の正体を聞いているだけに、家来たちはぐうの音も出ない。

ばつが悪そうな顔をしてうつむく彼らに、

「そなたらが相手にしている御仁《ごじん》は、間違いなく徳川大納言様のご家来だが、それでも争いを続けるつもりか」

江戸城で頼宣と初対面した時に中井を見ている信平が、この場を収めるために言うと、

「そ、それは」

侍たちは動揺した。

信平が言う。

「中井殿、麿に免じて、刀をお引きくだされ」

「それがしは、はなから争う気はない」

中井が先に刀を納めると、嶋田家の家来たちは抜き身の刀を下げたまま、

「引け」

という言葉を合図に、その場から走り去った。

釣り針に襟首を取られていた侍が、刀を振るって糸を切り、弥三郎を睨みながら立ち去った。

野次馬も去ってゆく中で、中井が信平に顔を向けた。

「危ういところを助けていただき、かたじけのうございます」

きっちり剃《そ》られた月代を見ながら、

「それはよいとして、中井殿、このようなところで、何をしておられる」

そう訊くと、顔を上げた中井は、

「いえ……」

歯切れ悪く、答えようとしない。そのあいだも、中井の目は、離れていく野次馬たちに向けられている。

「誰かをお捜しか」

察した信平が訊いた時、中井の目が一点を見定めた。見定めるや、

「松平様、拙者急ぎますゆえ、これにてごめん」

頭を下げて立ち去りながら、この借りは、いつか返すと言った。

「なんだあいつ。無礼な奴だな」

おもしろくなさそうに言う弥三郎は、後ろから肩をちょんとたたかれ、竿を返してくれとねだられた。

「おお、すまぬ」

弥三郎は竿を返し、信平に言う。

「今日は妙なことが多い。早く帰ろう。おい、言っているそばから、どこへ行くのだ」

「ちと、気になる」

信平は、深川八幡宮の門前を船着き場に曲がった中井の後を、怪しい輩が追うのを見ていた。

もしや、浪人狩りの残党では。

頼宣侯の家来である中井だけにそう思い、放ってはおけなくなった。

中井に付かず離れず跡をつける男は、どこにでもいる行商のように見える。だが、その足の運び方といい、後ろ姿から感じられる剣気といい、忍びに違いない。

由井の残党だと疑った信平は、

「弥三郎、中井殿の命が危ない」

そう言い、走った。

信平のただならぬ様子に気付いた弥三郎も、黙って付いてくる。

中井は、前方に気を取られているらしく、まったく気付く様子がない。人混みに紛れて近づき、背中を一突きにするのは容易なことと思えた。

信平が心配していると、中井が走りだした。

曲者も走る。

信平が追って走ると、中井は船着き場から出る舟を追って、河岸を江戸の方角へ走った。

走りながら、

「姫！　姫様！」

川面を滑る屋形船に叫ぶ。

すると、障子が開けられ、女の顔がのぞいた。

その横顔を見て、信平のこころに衝撃が走った。

姫と呼ばれて顔を見せたのが、先ほどまで共にいた、桔梗屋の娘だったからだ。

中井が大声で言う。

「姫様、次はどちらに行かれるのですか」

「わらわは屋敷に戻ります」

そう言った松姫が、信平に気付かずに顔を引き、障子を閉めた。

中井は舟を追うのをやめ、膝に両手を乗せて背を丸めると、安心したような顔で息をしている。

松姫を捕らえるために中井を追っていた行商の男は、遠ざかる舟に舌打ちをして、町家のあいだの路地に入っていった。

信平より少し遅れてきた弥三郎は、屋形から顔を出した松姫を見なかったようだ。

河岸でへたり込む中井を見ながら、信平に言う。

「いったい、何がどうなっているのだ」

信平は答えなかった。

　まさか、あの娘が松姫。

　信平は、こころの中で愕然としていたのだ。

　桔梗屋に娘はいないと言ったお初の言葉も浮かび、身分を隠していたのだと思った。

　呆然とする信平の背後で、

「信平様……」

　と、声をかけた者がいる。

　遠目に監視していたお初が、見かねて来たのだ。

「今の男を追いましょうか」

　そう言われて、信平は我に返る。

「うむ、頼む」

　信平の声に気付いた弥三郎が振り向いた時には、お初の姿はどこにも見えなくなっていた。

六

　その頃、江戸城本丸御殿の黒書院《くろしょいん》では、紀州徳川家当主の頼宣が、口を一文字に引き締め、鋭い目を畳に向けたまま沈黙していた。

　部屋の中には、何か筋目の物をかりかりと擦《こす》るような音が響いている。

　御簾《みす》が下げられた上段の間に浮かぶ小さな人影を守るように座る男、幕府大老酒井左少将忠勝が、浪人狩りについて問うたことへ答えぬ頼宣に苛立ち、扇子に施された彫り物を爪でいじっているのである。

「大納言、どうなのじゃ」

　御簾の奥から、子供の声が問うた。

　第四代将軍徳川家綱が、答えぬ大叔父《おおおじ》を気遣って返答を促したのだが、その表情は誰にも見えぬ。

「答えぬか、大納言」

　もう一度家綱に言われて、頼宣はようやく顔を上げた。

「では、お答えしまする」

言って、質問をした酒井を睨み、

「二年前、由井正雪一党が企てた謀反に加担したか問われますが、馬鹿馬鹿しくて話になりませぬな。謀反を阻止した後の調べにより、それがし、いや、我が紀州徳川家の潔白は立証ずみのはず。それを蒸し返すは、言いがかりを付けて紀州徳川家を潰そうとしておられるか」

忠勝は扇子をいじるのをやめて、じっと頼宣を見据えている。

「忠勝、そうなのか」

「言いがかりではございませぬ」

家綱に問われて否定した忠勝は、懐から書状を取り出し、頼宣に見せた。

「これは、町奉行所が捕らえた浪人が持っていた物ですが、はっきりと、大納言殿の名が書かれております」

目を通せと、頼宣に渡された。

それには、師、丸橋忠弥の命を奪った幕府への恨みと、裏切った徳川頼宣を暗殺するという内容が記してあり、決行日を伝えるまで江戸の隠れ家に潜んでいるように、と、指示が書かれていた。書状は、南部信勝が書いた物だった。

忠勝が言う。

「丸橋忠弥は、由井と謀反を企てた重罪人。その弟子が、大納言殿を裏切り者と称し、復讐をしようとしている」

頼宣は顔に怒気を浮かべた。

「このような物、わしが由井に加担したという証拠にはならぬ」

紀州徳川家を潰そうとたくらむ者の陰謀だと、怒りに唇を震わせながら言った。

疑いの目をゆるめぬ忠勝は、覇気《はき》に富む頼宣が、幼い家綱を亡き者にし、将軍の座に就《つ》こうと画策しているのでは、と、常々思っている。

二年前の七月に起きた事件は、幕府転覆、浪人救済を掲げて決起した由井正雪らが起こした謀反だが、首謀者の一人である丸橋は、江戸の町に火を付けて混乱させ、御曲輪から出てきた老中以下の幕閣を討ち取る役目を帯びていた。

同時に、金井《かない》半兵衛《はんべえ》が大坂で決起し、由井は京に火を掛け、混乱に乗じて天皇を助け出して高野山へ逃れ、そこで徳川家綱を討ち取る勅命を受ける計画であった。

しかしこの計画は、老中松平信綱《のぶつな》と、幕府大目付、中根《なかね》壱岐守《いきのかみ》正盛《まさもり》らが放った密偵により露見し、まずは丸橋が江戸で捕縛され、由井は駿府《すんぷ》城下で捕り方に囲まれて自害。それを知った金井は、大坂で自害した。

この計画には、武闘派の大名が絡んでいると睨んでいた松平信綱は、由井が天皇を高野山に連れ込む計画を知り、紀州を治める徳川頼宣を疑った。

配下の隠密《おんみつ》を紀州に潜入させ、特に厳しく監視させていた最中《さなか》に由井が自害し、持っていた書状に、徳川頼宣の花押《かおう》があったため、これを逃さず、前々から幕府に批判的だった頼宣を潰そうとした。

だが、由井が持っていた書状が偽物と判明したため、頼宣に対するお咎めはなくなったのである。

そしてこのたび、丸橋の弟子が頼宣に復讐する計画が露見し、やはり由井と繋がっていたのではないか、と、ふたたび頼宣に対して、疑いの目が向けられたのだ。

長い沈黙の後、頼宣は将軍家綱に両手をつき、平伏《へいふく》した。

「上様、この頼宣、これまで一度たりとも、上様に邪心を抱いたことはございませぬ。お許しあらば、この頼宣めが南部信勝を捕らえ、ことの真相を究明いたします る」

家綱が言う。

「それはつまり、大納言を狙うよう仕向けた者が、おると申すか」

「御意」

「余には、それが誰であるか、見当を付けておるように聞こえるぞ」

「………」

頼宣は押し黙った。

「大納言殿、上様にお答えされよ」

忠勝に言われて、頼宣は顔を少し上げた。鋭い目を家綱に向け、

「宗家に万が一のことが起きた時、跡を継ぐ資格を得ておるのは紀州だけではございませぬこと、お忘れなきように」

低く、呻くように言った。

目を丸くした忠勝が、御簾の奥にいる家綱に顔を向け、ふたたび頼宣を見た。

「それはつまり、尾張殿が裏で糸を引いているとおっしゃるか」

頼宣が忠勝を睨む。

「そう思わせ、尾張と紀州を一気に潰す策やもしれぬ」

「なんと。では……」

頼宣は忠勝の口を制した。

「すべては、南部を捕らえてみれば分かりましょう」

壁に耳あり、障子に目あり。

そう言わんとするように、頼宣は忠勝にしゃべらせぬ。そして忠勝を睨みながら、

家綱に言う。

「事と次第では、大戦《おおいくさ》になるやもしれませぬゆえ、万事それがしにおまかせくださ
い。必ずや、暴いて見せまする」

「分かった。大納言の思うようにしてみよ」

そう、家綱が言ったので、

「上様っ！」

忠勝が慌てた。

それを無視して、

「大納言、何か秘策があるのか」

と、家綱が訊く。

「ございませぬが、この身が狙われておりますゆえ、手はあろうかと」

「信平を頼ってはどうか。あの者なら、なんとかしてくれるであろう」

「それには及びませぬ。我らの手で、必ずや黒幕を暴いて見せまする」

娘婿《むすめむこ》など頼れぬと、頼宣は即座に断った。

この時すでに、信平が首を突っ込んでいることを、まだ知らぬ頼宣であった。

江戸城でのやりとりを知らぬ信平は、夕餉を摂りながら、お初から報告を受けていた。

七

中井を尾行していた行商に化けた男は、旗本屋敷に入ったという。

話に加わっていた善衛門が、首をかしげる。

「旗本の手の者が、何ゆえ紀州藩の家来を探るのだ」

「その屋敷は、誰の物じゃ」

信平が訊くと、お初が答える。

「旗本、山口忠弘《やまぐちただひろ》殿の下屋敷《しもやしき》です」

善衛門が信平に顔を向ける。

「殿、山口忠弘と申せば……」

「ふむ、弥三郎の屋敷の隣だ」

「上屋敷は城に近い一等地にございます。二千石の大身ですぞ」

「そうか……」

箸を置く信平の手元を見て、善衛門が言う。

「殿、いかがされた。残すとお初に叱られますぞ」

信平は、ちらりとお初を見た。

「ちと、胸に痞《つか》えるのだ」

するとお初が、

「早く御出世なされませ」

などと、意味ありげに言うものだから、善衛門が不思議そうな顔を向けた。

「うん？　お初、どうしたのじゃ。そなた、珍しいことを申すではないか」

「…………」

お初は善衛門を無視して、信平のお茶を取り替えた。

「すまぬ」

信平は、小さくうなずくお初の横顔を見て、ふたたび箸を取る。

甘辛く煮付けられている赤魚《あかうお》の身をほぐしながら、

「その、山口忠弘だが、近頃は下屋敷に詰めているそうな」

弥三郎がそう言っていたのを思い出して教えると、善衛門が神妙な顔をした。

「あの由井事件以来、無役ですからな」

善衛門が言うには、山口は以前、勘定奉行をしていた。順風満帆だったはずが、配下の代官が、由井に加担した疑いを掛けられて自害し、監督責任を問われてお役目を解かれ、三千石のうち千石を召し上げられていた。

上屋敷は取られなかったが、城に近い場所に住みたくないのかもしれぬ、と、善衛門はそう付け加えた。

信平は、納得がいかぬ。

「その山口殿が、妙な輩を屋敷に入れているのが気になる。屋敷で雇っていた浪人を下女と夫婦にして、暮らさせているとも聞いたぞ」

「浪人狩りに反発しているのやもしれませぬな。二年前の遺恨《いこん》がありましょうから、幕府がすることが気に食わぬのかもしれませんぞ」

「しかし、手の者が紀州徳川家の中井殿を尾行していたとなると、ただ浪人者を匿っているだけとは思えぬな」

「それは、確かに」

善衛門は口をもごもごとやり、茶をすすった。

お初が言う。

「もう一度、探ってみましょうか」

「一人で大丈夫か」

信平が心配すると、お初は自信に満ちた顔でうなずいた。

この夜、寝床についた信平は、まったく眠れなかった。

月明かりに照らされた障子の外では、短い命を燃やすこおろぎの声がしているのだが、信平の耳には、友林堂で再会した娘の声ばかりが響いていた。

まさか、あのお方が松姫とは。

我が妻の顔を思い出し、声を思い出すと、身体が熱くなる。

姫は、麿のことを承知しているのであろうか。

松平とは申したが、信平とは名乗っておらぬ。普段から狩衣を着た松平は他にはおらぬであろうが、知って会いに来てくれたのであれば、やはり貧乏旗本などとは暮らせぬゆえ、身分を隠していたのやもしれぬ。

「きっと、そうであろうなぁ」

信平は独りごち、早く出世しろと言ったお初の言葉を思い出し、恥ずかしくなった。

松姫と知った後のこころの動揺を、お初は見抜いているに違いなかった。

五十石を千石にするなど、よほどのことをせぬと叶わぬ。何年かかっても無理であろう。

「高嶺《たかね》の花よ」

と、思わず天井に向かって言った自分に、信平は驚いた。

公家を捨て、徳川の家臣になったのは、出世を望むからではない。

武家社会で出世を望めば人を傷つけ、傷つけられもする。少ない禄高でも、日々安《あん》寧《ねい》に暮らせれば、それでよいのだ。

松姫の顔を消すように頭を振った信平は、きつく目を閉じて、寝返りをうった。

だが、草餅の皿を持つ白き手が目に浮かび、優しく微笑み、恥ずかしそうにうつむく横顔が鮮明に浮かぶ。

「ほっ」

と、切ない息をした信平は、静かに起き上がると、宝刀狐丸を手にして庭に出た。

見事な満月を見上げ、目の前にかざした狐丸を、鞘から抜く。

軽い金属音を発して現れた刀身が、月の明かりに照らされて淡い輝きを放つ。

ゆっくり広げた右手を素早く切り返し、下からすくい上げるように、切っ先を天に向ける。

秘剣の技を繰り出す信平の姿は、美しい舞を舞っているようにも見えるが、狐丸の切っ先から伝わる波動は、二間《にけん》も離れた先に咲く竜胆《りんどう》を揺らしていた。

その恐るべき秘剣を見守っていたお初は、月明かりの下にいる信平の神々しいまでの美しさに息を呑んだ。そして、馬鹿が付くほど正直な気持ちを表す若武者に微笑みを浮かべると、忍び装束に包んだ身を引き、夜の深川へと走り出た。

八

「離縁とは、あまりでございましょう」

行灯の薄暗い明かりの中で、夫婦の契りを結び終えたおみつが、襦袢《じゆばん》の帯を締める手を止めて、夫を睨んだ。

山口忠弘下屋敷の長屋に暮らすおみつは、ここを出ても行くところがない。

急に離縁を告げた夫は、冷たい目でおみつを見返しながら、手箱から紙の包みを出すと、

「これは、手切れ金じゃ」

金五十両を膝元に置いた。

薪割りの僅かな賃金で暮らしていた浪人者が、このような大金を持っているなどお

かしなこと。

「あなたは、何者なのです。浪人の八坂藤太郎《やさかとうたろう》様ではないのですか」

「いかにも藤太郎だ。これはな、刀を売った金を使わずにおいたものだ。黙って受け取ってくれい」

「いやです」

「わしには、大事な仕事がある。今日までよく尽くしてくれた。礼を申すぞ」

「いやと言ったらいやです」

「くどい！」

膝にしがみ付こうとする女房に背を向けた藤太郎は、二度と振り向かず、言葉も発しなかった。

がっくりとうな垂れたおみつは、ぞろりと着物を着、風呂敷《ふろしき》ひとつを抱き締めて、夜が明けはじめた深川の町へ出ていったのである。

その後ろ姿を見届けた藤太郎は、屋敷の庭から表に回り、濡れ縁に上がると、障子の前で片膝をついた。

「終わったか」

「御意」

「入れ」

藤太郎は、中からの声に応じて障子を開けた。

あるじ、山口忠弘が布団の上にあぐらをかき、側近の坂東《ばんどう》が出す朝茶を飲むと、湯飲みを返した。

「おみつはこれまでよく働いてくれた。こ奴めは殺せと申したが、ぬしもそのほうがよかったと、思うておるのか」

湯飲みを渡した坂東を睨みながら言う山口に、藤太郎は首を振る。

「いえ、過分な手切れ金まで頂戴し、おみつも喜んでおりました」

「あの器量じゃ。おみつならば、五十両を元手にうまく生きていくであろう」

「はは」

山口が目を細める。

「寂しげな顔をしておるのう。奉行所の目を誤魔化すためとはいえ、夫婦の契りを結んで情が湧いたか。どうじゃ」

「そのようなことは、ありませぬ」

藤太郎は平伏した。

山口が、そばにいる坂東を見て言う。

「こ奴の声かけに応じて集まった手勢五十名のうち、先発隊十五名が明日にはこの屋敷に入る。いよいよ、おぬしの師、丸橋忠弥殿の仇《あだ》を討つ時が来たの」

「ははっ」

「悲願が叶いし暁《あかつき》には、おぬしを旗本に取り立てると、かのお方がお約束くだされた。これは、前祝《まえいわい》じゃ」

山口が言うと、坂東が背後の棚から槍《やり》を取り、藤太郎に渡した。

見事な作りの十文字槍を受け取った藤太郎は、やる気に満ちた顔を山口に向け、

「必ずや頼宣めを討ち取り、お役に立って見せまする」

力を込めた声で誓った。

そして、見事な手さばきで穂先を回転させ、

「むん！」

気合をかけ、天井に突き入れた。

潜んでいたお初は歯を食いしばり、咄嗟に槍をつかんだ。

藤太郎は槍を引いたが抜けず、力を込めた。そして、ぎょっとする山口らを横目に、抜けた槍の穂先を探る。

お初が布で拭った穂先に、血は付いていない。

山口が問う。

「どうした、曲者か」

「気のせいでございましょうが、念のため外を見てまいります」

その、少し後、朝靄《あさもや》に煙る深川の通りに、忍び装束のお初が躍り出た。

よろけて転んだお初は、追っ手がないことを確かめ、太腿を押さえていた布を取り、傷の具合を診た。

傷は浅いはずだが、血がとめどなく出る。

懐からさらしを出し、きつく絞めようとした時、屋敷の脇門が開き、数人の男が出てきた。

咄嗟に物陰に身を伏せたお初は、駆けていく足音を背後に聞きながら、傷みに顔を歪めていた。気配が去っても、しばらく動かず様子をうかがい、物陰から出た。

今のうちに逃げようと、歩みだしたところへ、後ろから手をにぎられた。

振り向きざまに、小刀で反撃しようと振るった。だが、その手首もつかまれた。

「麿じゃ」

唇が触れんばかりのところに信平の顔が迫り、お初は目を見張った。

「の、信平様」

た。


「戻りが遅いのでまいった。さ、帰ろう」

言うなり、お初は拒む間もなく信平に背負われ、藤色の小袖を掛けられて、隠された。

お初は安堵して笑みを浮かべ、報告した。

「屋敷に巣食う者の正体を、突き止めました」

「よい、今はしゃべるな」

「…………」

信平が歩きだすとすぐに、目の前に侍が走ってきた。

「待たれよ」

「麿に、何か用か」

女を背負う狩衣姿の信平を見て、侍たちは、いぶかしむ目をしている。

「当家に怪しい者が忍び込んだのだが、貴公の名をお聞かせ願いたい」

「ほう、麿を知らぬとは、おぬしたちは深川の者ではないようじゃな」

「当家のあるじに供し、江戸から渡ってきたばかりなのでな」

「さようか」

「して、お名は」

「鷹司松平、信平じゃ」

侍たちはぎょっとして、顔を見合わせたが、

「このような早朝に、逢引《あいびき》でござるか」

一人がそう言い、疑いの目を向ける。

信平は微笑み、首を振る。

「我が家の者が体調を悪くしたゆえ、医者に連れてゆくところじゃ」

「ほう、あるじ御自らお運びに」

「我が家の者と申しても、老中阿部豊後守様より預かりしご家来ゆえ、もしものことがあれば一大事。いずこの家の者か知らぬが、邪魔立てされると、後が面倒であるぞ」

威圧的に言うと、さすがにまずいと思ったか、侍どもは素直に道を譲った。

「さ、もうすぐじゃ。辛抱されよ」

お初に言い、信平はその場から去った。

背に掛けられた小袖から香る、信平の匂いに包まれたお初は、頼もしき背中にしがみ付いてほっとしたのか、ふたたび安堵の笑みを浮かべて、そのまま、意識を失った。

信平は、跡をつける者に気付き、歩を速めた。

朝の深川の通りを、一陣の風が吹きぬける。

すると、追ってきた侍が立ち止まった。

「む、どこへ消えた」

まるで、ふっと消えたように、信平はいなくなっていた。

第四話　陰謀

一

「松が、三十間堀《さんじっけんぼり》の屋敷に移りたいじゃと」

「お止めしたのですが、姫様のご意志は固く……」

「たわけ！」

徳川頼宣が扇子で膝を打つと、報告に来た中井春房が平伏した。

頼宣は、腹立たしそうに言う。

「今どのような状況か分かっておろう。守りが薄い下屋敷に移って、南部の一味に狙われたら誰が守るのじゃ。下屋敷に人を増やせば、知恵伊豆《ちえいず》にどのような難癖をつけられるか分からぬと申すに」

「松平信綱様が……」

「そうじゃ。わしを城に呼び出したは大老じゃが、裏であ奴が糸を引いているに違いない。徳川宗家を守るために、どうでもこのわしを謀反人にしたいのじゃ」

「なんと！」

「じゃが春房、憎むべき者は他におるぞ」

「と、申されますと」

「南部某にわしを狙わせることで、二年前の事件で由井に与《くみ》したと幕府に思わせ、御家取り潰しを狙っておるのよ」

「いったい誰が、そのようなことをたくらんでいるのですか」

「まだ証拠はないが、将軍の座に就く権利を持っておる者が暗躍しておる。と申せば、察しがつこう」

中井は息を呑んだ。

頼宣は厳しい顔をしている。

「よいか春房。このような時に面倒の火種を作るでないと、松に申せ。わしを討つために人質に取られても、命は救えぬからな」

「はは。もう一度、説得いたしまする」

「待て……」

下がろうとする中井を呼び止め、

「大事なことを訊き忘れるところであった」

見据えた頼宣が、廊下に膝をつく中井に歩み寄る。

「姫は何ゆえ、ここを出たいと申すのじゃ」

「そ、それは……」

中井は返答に窮した。

信平様に理不尽な要求をした父を許せぬ。下屋敷に移ることを自分で告げる、と言う松姫を必死になだめたのは、この中井だ。

そのことを松姫が言えば、屋敷を出ていた時に信平に会ったことがばれてしまう。

それこそおおごとになり、中井が腹を切るだけではすまなくなると思い、なんとか説得したのだ。

「申さぬか、春房」

「お、おそらく、下屋敷のほうがお庭も広く、のびのびとした気持ちで過ごされると思われたのでしょう」

咄嗟にでまかせを言って恐縮した中井は、頭を下げて続ける。

「されど、御家がこのような事態であることをお知りになれば、姫様も思いとどまってくださいましょう」

「うむ」

背を返す頼宣に、中井は追いすがった。

「殿」

「なんじゃ」

「今の姫様には、いついつまでの我慢と、期限を付けませねば、またご気分が塞がれてしまわれるかと……」

「下屋敷への移住は許さぬ。じゃが、お忍びで大門屋に泊まるくらいは許す。ひと月待てと申しておけ」

「はは」

中井は平伏して、奥御殿に戻った。

その後ろ姿を見送った頼宣は、庭に鋭い目を向ける。

「戻ったか」

「はは」

探索に走らせていた忍びの者が、音もなく姿を現し、庭に片膝をついた。

「殿がもみじ狩りに出かける情報を、両家の家来に流したところ、水戸様に変わった様子はございませぬが、尾張様におかれましては、伝令と思われる者が屋敷を出ました」

「追ったのであろうな」

「はい」

「して、どこに行った」

「大川を渡り、旗本屋敷に入ってございます」

「何、旗本だと」

「はい」

「誰の屋敷じゃ」

「山口忠弘殿です」

頼宣は思案した。

「その名は聞いたことがある。将軍家の禄を食《は》みながらも、尾張藩に何かと付け届けをしているという噂だ。なかなか尻尾を出さぬと聞いたことがあるが、まあよい。もみじ狩りをするという情報に食いついただけでも、上出来じゃ」

「山口家に、手の者を忍ばせてございます」

「うむ、では、次はわしの出番じゃな」

「仰せのとおり、支度を終えておりまする」

「尾張がどのように出るか……。油断はならぬぞ」

「はは」

忍びが去ると、頼宣は扇子を手に打ち付けて、考える顔をした。

「読めてきたぞ。光義《みつよし》め、家督を継いだばかりというに、旗本と組んで天下を欲するとは、強欲な奴じゃ」

光義とは、尾張藩二代藩主、徳川中納言光義である。

一人息子として甘やかされて育ったせいか、藩主としての器があるかどうかは疑問であると、叔父である頼宣は手厳しい。

その光義が、幼い家綱が将軍であることが目障りだと思ったとしても不思議ではないと、頼宣は思った。

この先、幼い将軍にもしものことが起きれば、光義にも将軍になる権利がある。しかしその前には、家康公の息子である頼宣がいる。

紀州にも将軍家継承の権限があるため、頼宣がいる限り、尾張に将軍の座はめぐってこない。

光義が紀州徳川家を排除しようとたくらむのは、

「あ奴なら、やりそうなことじゃ」

と、頼宣は独りごとを言った。

言っておいて、

「亡き兄上には悪いが、尻尾をつかんで毒を吐かせてくれる」

紀州徳川家を守るために、尾張に戦覚悟の仕掛けをすることを決意した。

二

その日の朝、徳次郎《とくじろう》を従えて信平の屋敷を訪ねた五味正三は、朝餉を馳走になることにして、膳の前に座っていた。

お初の味噌汁が楽しみだと信平に言い、首を長くして待っている。

すると、似合わぬ前垂れをした善衛門が鍋を持って現れたので、

「あれ、今朝はご隠居、珍しくお手伝いですか」

と言うものだから、善衛門が舌打ちをした。

「誰がご隠居じゃ。ほれ、偉そうに座ってないで、飯を食うなら手伝わぬか。殿にお

注ぎしろ」

「はいはい」

素直に手伝う五味が、慣れた手つきで信平にご飯と味噌汁をよそい、善衛門の分もすませると、自分のは多めによそって、膳に戻った。

「いやあ、宿直《とのい》明けで、腹の虫がうるさくていけません。いただきます」

五味は嬉しそうに味噌汁をすすって、吹き出した。

信平がぎょっとしていると、

「うあ、塩辛い」

顔を歪めた五味は、慌ててご飯を食べて、

「………」

今度は飯粒の硬さに絶句して飲み込むと、箸を置いた。

善衛門が舌打ちをして、むっとして丸くした目を五味に向けた。

「なんじゃ、人がせっかく作ったものを粗末にしおって」

五味がおかめ顔を向ける。

「まさかこれ、ご隠居がお作りに」

「仕方あるまい。お初がおらぬのだから」

善衛門がぶつぶつと不機嫌に言い、味噌汁を飲んで吹き出した。

「こりゃ酷い」

顔をしかめる善衛門を見つつ、信平は黙ってお椀を戻した。

奥にいるお初にも、これを出したのかと思っていると、

「お初さんはどうなさったので？」

五味の後ろに控えていた徳次郎が訊いた。

彼は、恋女房が作る朝飯をたんまりと食べているので余裕である。

「ちと、麿の用で城にまいっている」

怪我をして横になっていると言うと面倒なので、信平は嘘をついた。

「さようで……」

徳次郎は、五味の背中をつついた。

「旦那、今朝は恋しいお人の味噌汁が飲めなくて、運が悪うござんしたね」

などと軽口をたたき、五味に頭をたたかれた。

顔を赤らめた五味が、ちらりと信平を見て、

「こいつが言ったことは冗談ですぞ、冗談」

何も言っていないのに、言いわけをしている。

　そのことについて信平は何も言わなかった。

　襖の向こうで休んでいるお初に聞こえただろうかと思っていると、食えぬ飯の片付けをはじめた善衛門が、そういえば、と、五味に訊いた。

「浪人狩りは、どうなっておるのじゃ」

「ああ、浪人狩りですか」

　五味が難しい顔となり、

「謀反の首謀者は分かったのですが、こいつがとんでもねえ野郎で」

　思いつめたように言う。

　旗本、山口忠弘の名を出そうと思った信平だが、

「どのような者なのじゃ」

　あえて訊いた。

　すると五味は、

「南部信勝という浪人ですが、由井正雪と共に幕府転覆を狙った、丸橋忠弥の弟子なのです。丸橋と同じ宝蔵院流《ほうぞういんりゅうそうじゅつ》槍術の遣い手ですが、その強さは師をはるかに凌《しの》ぎ、日ノ本一だそうです」

　相手が槍術を遣うせいか、五味の言葉には力が込められている。

「槍遣いか」

お初から聞いていることを思う信平に、五味が探る目を向ける。

「どうしたのです」

「十文字槍を遣う者がいる場所を知っている」

五味は目を見張った。

「十文字槍なら、宝蔵院流の遣い手かも。そいつはどこにいるんです」

「二千石旗本の下屋敷だ。当主の名は、山口忠弘」

旗本と聞いて、五味の表情が曇った。

「旗本ならば、十文字槍を遣う者もおりましょう」

「遣い手は、近頃下男として雇った浪人者だ」

「それは確かですか」

「うむ」

五味が腕組みをした。

「なんとも怪しいですが、将軍家直臣が、謀反を起こしますかね」

信平は、お初が命がけで得た情報を教えた。

するとと五味が驚き、訊き返すので、信平はうなずく。

「今日にも、仲間が集結するらしい」

五味は、額に汗を滲ませた。

「あの噂は、やはりほんとうか」

「噂とはなんじゃ」

善衛門が訊くと、五味は信平に言う。

「紀州様が、由井を裏切ったという噂です。信平殿が今おっしゃった八坂藤太郎は、実は南部信勝かもしれません」

「名を変えて、潜んでいると申すか」

五味はうなずく。

「考えられることです」

すると、徳次郎が口を挟んだ。

「浪人狩りの網に引っかからねえと思ったら、野郎、旗本屋敷に潜り込んでいやがったか」

五味が徳次郎を見て、信平に顔を向けた。

「紀州様を襲撃するという計画があることは、奉行所でもつかんでいましたが、どうやら間違いないようです」

「ではまことに、南部とやらは紀州頼宣侯のお命を狙っているのか」

信平が案じると、五味は言う。

「師の命を奪った幕府と、紀州徳川家を恨んでの復讐ですよ。まずは、由井を裏切ったと噂される紀州様を狙い、次は幕府を倒して、師の本懐《ほんかい》を遂げるつもりでは。奴は深川に潜伏している可能性が高いと見ていましたが、どこにいるのかまったく分からなかった」

「旦那、こいつは大手柄になりますぜ」

徳次郎の言葉に五味が振り向き、奉行所に走らせようとしたが、やめた。

「だめだ。相手が旗本屋敷にいたのでは、手も足も出ない」

目付役に行き先を変えようとして、またやめた。

そして、信平に顔を向ける。

「仲間は、今日来るのですよね」

信平がうなずくと、五味は悔しげな顔をした。

「目付役が動く前に、逃げられてしまう。徳次郎、こうなったら屋敷を見張って、出てきたところをひっ捕らえるしかないぞ」

「がってん承知だ」

下っ引きを集めてくると言って、徳次郎は飛び出していった。

「麿も手を貸そう」

五味が返事をする前に、善衛門が言う。

「それがようございますな。こたびのようなことで手柄を挙げれば、きっとご加増がありましょうぞ」

「うむ。そうじゃな」

いつもより素直な信平に、善衛門は肩透かしを食らったような顔となったが、

「殿、やっとその気になられましたか。励みなされ、うん、励みなされ」

と、目に涙まで浮かべて言う。

信平が加増のことを考えていたかというと、そうではない。

松姫のことを知ってしまった信平は、我が妻がいる紀州徳川家を襲おうとたくらむ輩に、無性に腹が立ったのである。

自分でも不思議なほどの、憤《いきどお》りであった。

襖一枚隔て、寝床に横になりながら、このやりとりを聞いていたお初は、松姫のことを想う信平のこころの移ろいにいち早く気付き、くすりと笑った。

三

五味と共に出かけた信平は、増岡弥三郎の屋敷を訪れた。

出迎えた下男に案内されて門を潜ると、綺麗に整えられた庭のもみじが美しく紅葉し、訪れた者の目を楽しませてくれる。

思えば、信平が弥三郎の屋敷へ来るのは初めてだった。

木材問屋に生まれながら、二百石の旗本増岡家に養子に入った弥三郎は、初めこそ厳しく躾《しつけ》をされたが、今ではあるじ夫妻から可愛がられ、立派な跡取りになっている。

養母が自ら茶と菓子を持ってきたので、

「母上、この方が松平信平殿、こちらが八丁堀の五味殿です」

弥三郎が優しい面持ちで信平と五味を紹介すると、養母は喜び、あれやこれやと話し込んでから出ていった。

「おれの友が来たのは初めてでな、母は嬉しいのだ。長くなってすまぬ。何か用があって来たのであろう」

察して言う弥三郎に、五味が居住まいを正した。

「しばらく、ここへ泊めてもらえませんか」

弥三郎が表情を引き締めた。

「まさか毎晩宴会をするためではあるまい。何か事件か」

「隣の屋敷を、見張らせてもらいたいのですよ」

「隣を？」

弥三郎が信平を見る。

信平は言った。

「徳川頼宣侯のお命を狙う輩が、山口家に潜伏しているのだ」

「なんだと」

弥三郎は途端に顔色が変わった。そして心配そうな顔を外に向け、庭の先にある塀の上に見える屋敷の屋根を見上げた。

「おみっちゃんとやらのことが気になるか」

問う信平に、弥三郎が顔を向ける。

「無事であろうか」

「実は、今朝早く屋敷を出されている」

お初は、長屋に住む夫婦の顚末《てんまつ》を見届けていたのである。

離縁したことも教えてやると、弥三郎は、少し嬉しそうな顔をした。

「それはそれで、心配だ。どうやって暮らしていくつもりだろうか」

「手切れ金を受け取っている。すぐには困るまい」

「そうか」

妙な輩と共にいないのならそれでいいと言った弥三郎は、改めて訊く。

「それで五味、隣を見張ってどうする。悪事の証があるなら、皆で討ち入って捕らえるのはどうだ」

「相手はやくざじゃないんだから、この前のようにはいきませんよ」

五味は、丸二屋《まるにや》と深川の原で大立ち回りをした時のことを引き合いに出した。こたびの相手は、れっきとした徳川将軍家直参旗本。町方同心の五味が立ち入れる場所ではない。

「紀州様を襲いに屋敷を出たところをひっ捕らえるつもりです。この庭から、向こうの屋敷の様子は見えます？」

「さあ、見たことがないからなぁ」

五味が立ち上がって縁側に行き、様子をうかがっている。

信平も立ち上がった。

「ちと、のぞいてみるか。弥三郎、梯子《はしご》を頼む」

立烏帽子を取り、狐丸を置いたまま縁側に出た。

「待て、履物を持ってくる」

弥三郎が持ってきた草履を使って庭に出た信平は、梯子を持ってきた下男に、塀の近くに伸びている庭木に掛けさせた。

枝に隠れながら梯子を登り、隣の様子をうかがう。

広い庭に人影はなく、屋敷はひっそり静まっている。

今日にも仲間が到着しているはずだが。

そう思いながら見ていると、屋敷の奥から笑い声がして、廊下に何人か出てきた。

気付かれぬよう見ている信平の目が、一人の男に止まった。門前町で中井を追っていた男に似ている。そしてもう一人、その者の背後にいる男に異様な気配を感じたものの、それは一瞬のこと。信平は静かに、木から下りた。

「どうです」

訊く五味に振り向く。

「怖い顔をされていますな。怪しい者がいましたか」

「首謀者は、南部信勝と申したな」

「はい」

「人相は分かっているのか」

「おお、そうでした」

五味は思い出したように、懐から人相書きを出して見せた。

それを見た信平は、落胆した。

「これは、南部ではない」

「え？」

「別人じゃ」

五味が慌てた。

「そんな馬鹿な。これは御奉行が、城から預かった物ですぞ。御公儀が出された人相書きですから、間違いないと思いますがね」

「違うな」

信平はきっぱりと言い切った。

「自信があるようですが、この顔をご存じなので」

「うむ。その者は、先日麿がさるお方を助けるために倒した、坂上と申す浪人者。槍ではなく、剣の遣い手じゃ」

「そんな！」

五味はますます焦った。

「その者を斬ったのですか？」

「殺《あや》めてはおらぬが、二度と刀は持てまい」

「捕らえなかったのですか」

「うむ」

「まずい。その男こそ、南部ですぞ」

「いや、南部ではない。この人相書きの男は、紀州徳川家を追放され、頼宣侯を逆恨みする浪人者であった。このことに、間違いはないのだ」

信平がそう言い切れるのは、坂上が南部であるなら、別所左衛門が気付いているはずだからだ。

「わけが分からなくなってきた」

五味が悩ましい顔をして、隣の屋根を見た。

「信平殿が言うのですから間違いないでしょうが、となると、公儀は間違った情報を流したことになります」

「公儀の隠密が、囮《おとり》をつかまされたのやもしれぬ」

五味が渋い顔をする。

「隠密を、まんまと騙しましたか」

「そうとしか考えられぬ。糸を引くのは相当な切れ者か、あるいは、隠密を信用させる地位にある者が、偽の情報を流したか」

信平はそう言っておいて、考え込んだ。

頼宣侯を陥れようとする者の仕業だとすれば、それはいったい誰か。

将軍家に次ぐ地位にあるのは尾張、紀州、水戸の徳川御三家のみ。頼宣侯、いや、紀州徳川家を潰して利を得るのは誰なのか。

信平がその考えにいたるまで、さして時間はかからなかった。

「五味、ここは慎重に動かぬと、天下騒乱になるやもしれぬぞ」

「なんですって。そりゃいったい、どういうことです」

「やはり、麿とそなたが行動したほうが、よいかもしれぬということじゃ。裏に潜む者は、偽の情報で公儀の目を浪人に向けさせて、そのあいだに、着実に支度をしているであろうから、公儀に陰謀が発覚した時の対応も考えているはずじゃ」

いつになく厳しい顔をする信平を見て、五味と弥三郎は顔を見合わせ、固唾《かたず》を飲み込んだ。

四

江戸城吹上、半蔵門のそばにある尾張徳川家の屋敷に、同じ吹上にある紀州徳川家から使いの者が訪れたのは、信平たちが見張りをはじめて二日後のことである。

使いの者から書状と言伝《ことづて》を受けた生駒友正《いこまともまさ》が、江戸家老の村越元秀《むらこしもとひで》の居室に走り込んだ。

「御家老、紀州様から殿へ、もみじ狩りのお誘いが届きました」

居室で酒を飲んでいた村越が、盃を口に運ぶ手を止めて、目を見張った。

すぐさま、おもしろくもなさそうな顔となり、

「下がれ」

隣にはべらせていたおなごを下がらせると、初老の顔に鋭さが増した。

「で、いつじゃ」

「五日後の十七日。先日家来がつかんだ日と同日でございますれば、例の者が例のことを決行する日にございます」

「まさか、こちらの動きが知られたのではあるまいな」

「分かりませぬ。ですが、それを知っての誘いとは思われませぬ」

村越は脇息《きょうそく》にもたれて、考える顔をした。

「これは、我らにとって好都合かもしれぬな」

「と、申されますと？」

「殿が紀州殿と共におられる時にことが起きれば、公儀の目を欺くには好都合じゃ。紀州殿を襲った者どもをその場で成敗すれば、なおよい」

不気味にほくそ笑む村越を見て、

「なるほど、それはようございますな」

と、生駒が言い、不敵な笑みを浮かべる。

この二人、尾張徳川家に仕える身分であるが、藩主光義を次期将軍に望み、よからぬことを考えている輩である。

特に村越は、父元由《もとよし》の代は家康公直臣の大名であったが、尾張徳川家先代義直侯の御附家老《おつけがろう》を家康から命じられて、尾張藩の家来となった。

藩の家老と申しても、禄高は三万五千石である。

立派な大名級の禄高であるが、藩主の家来であるがゆえに大名とは呼ばれない。戦国の世では、家康公の下で中老《ちゅうろう》を務めた時期もある村越家だ。ふたたび中央に出て幕政に関わりたいと野心を抱くのは、そんな家柄なればこそのことであろう。

村越家が中央に返り咲くには、藩主光義侯が将軍の座に就くのが一番の近道。

こう考えた村越は、由井事件、すなわち慶安の変をきっかけに、藩主光義を将軍にする策を練るようになったのである。

そんなある日、由井事件の首謀者に肩を並べた丸橋忠弥の弟子が生きている情報を得て、これを利用することを思いつき、手を尽くして捜させた。

そして、南部を神田で見つけたのは一年前。

幕府の追撃を逃れ、町人として燻《くすぶ》っていた南部は、村越の誘いに二つ返事で応じた。

そして村越は、南部から、思わぬ人物の名を知らされた。それが、別所左衛門である。

正真正銘由井正雪の弟子が生きていることは、村越にとっては好都合だった。

南部に、別所を仲間に引き込むよう命じ、二人に徳川頼宣への復讐を唱えさせることで、二年前に由井を裏切ったように仕向けようと画策した。

だが、家族との安寧な暮らしを望む別所が拒んだため、南部は息子を攫わせて、無理やり使おうとしたのだが、信平に阻止されたのである。

しかし、南部信勝による頼宣に対する復讐宣言は、幕府を敏感に反応させた。

江戸を混乱させる浪人狩りがはじまり、公儀の重役たちは頼宣を本丸に呼んで尋問し、今も疑いの目を向けている。

公儀の疑いの目が頼宣に向けられている今こそ、裏切りの復讐を唱えて頼宣を襲わせれば、由井の謀反に加担していたと思うであろう。

村越は、将軍継承権を持つ紀州徳川家をこうして罠《わな》にはめて、貶《おとし》めようとしているのだ。

「紀州を潰せば、後は家綱公に消えていただくだけ。殿が将軍におなりあそばせば、わしもそちも幕閣になり、この国を動かせる」

「その日が、待ち遠しゅうございます」

「殿にはわしから話す。紀州には、もみじ狩りに参加すると伝えよ」

「はは」

「殿の警固には万全を配し、頼宣を襲った南部らを始末させる者を集めておけ」

「承知しました」

生駒が立ち去ると、村越は手酌で酒を注いで飲み干し、一点を睨みながら大きな息を吐いた。

「我が村越家は家康公のもとで活躍をした家柄。尾張の田舎で燻る者ではないわ」

そう言うと、江戸城本丸に入る日を想像したのか、愉快そうに笑った。

その知らせは、深川の山口忠弘にも伝えられた。

むろん、村越が口封じをたくらんでいることが、南部に知られぬように、と念を押して、伝えられたのである。

山口は、側近の坂東に命じて、八坂藤太郎こと、南部信勝を自室に呼んだ。

隙のない動きをする坂東は、行商に化けて中井をつけていた男である。村越とは縁が深い根来《ねごろ》の出であり、忍び技を使うことから、尾張の野望に与する山口にとっては、何かと頼りになる存在であった。

その坂東に呼ばれて、南部がやってきた。

集結した仲間を相手に、屋敷内の道場で槍の稽古をしていたという南部は、山口の前に座った。

「光義侯が、もみじ狩りにおでましになる」

「ほう」

山口が言うと、南部は怪訝《けげん》な顔をした。

「我らが頼宣を襲った時、光義侯は黙って見てはおられまい」

「そこよ。何もしなければ、頼宣襲撃は尾張の仕業と、思われてしまうからな」

「では、斬り合うか」

「うむ。数名が頼宣に加勢いたすゆえ、斬られろとのことじゃ」

「なんと！」

南部が目を丸くして立ち上がるのを、山口が制した。

「まあ、座って最後まで聞け」

憤慨して座る南部は、白い目で山口を睨んだ。

山口は身を乗り出して言う。

「よいか信勝、加勢する尾張藩の者は、皆刀の刃を落としておるそうじゃ。ようは、公儀の目を騙すために、斬られたふりをしろということだ」

「そういうことなら、承知した」

「決行は予定どおり十七日じゃ。それにしても頼宣め、先手組の目が届かぬ品川の海《かい》晏寺《あんじ》をもみじ狩りの場に選ぶとは、間抜けよのう。信勝、遠慮はいらぬ。存分に暴れるがよい」

「おう、承知した」

側近の坂東が、南部に計画を告げた。

「我らは海から品川に上陸する。他の者の集結は終わっておろうな」

「ここにいる十五名以外の者はすでに品川宿に入り、我らの到着を待っておる」

坂東がうなずき、山口が満足げな笑みを浮かべて言う。

「後は、決行の日を待つのみ。万が一、頼宣を取り逃がしたとしても、由井の残党が敵討《かたき》ちと叫べば、紀州徳川家は終わりじゃ。気負わずにやればよい」

「うむ」

「今宵は前祝じゃ。とことん飲もう。坂東、支度をいたせ」

「はは」

立ち去る坂東を目で追った南部が、山口に言う。

「あの者、忍びと見た。おぬしの家来ではあるまい」

「うむ。村越殿の忍びよ」

「尾張の者か」

「根来衆と聞いておる」

「どうも、好かぬな」

「うむ？」

「人を裏切る目つきをしておる」

山口は、動揺を隠すために笑った。

「奴はなかなかの切れ者よ。敵にせぬことじゃ」

「ふん、敵になるようなことがあらば、真っ先にそっ首はねてくれる」

「ほほ、それは物騒だな」

口封じをすることを知っている山口は、覚《さと》られぬように気を遣った。

「いずれは手を携えて、この国を動かすのであろう。仲ようすることだ」

「ふ、ふふふ。これは、戯言《たわごと》が過ぎた。それがしは正直、幕政になど興味はない。おもしろおかしゅうに生きていけるほどの金をいただけたら、それで満足だ」

南部はそう言って、高笑いをして見せた。

その高笑いを、床下の柱にぴたりと張り付いて聞いている者がいることに、誰も気付いていない。

忍び顔負けの技を見せるのは、岡っ引きの徳次郎である。

黒装束に身を包みほお被《かむ》りをしている姿は、どう見ても盗っ人そのものである。

重要な情報を手に入れた徳次郎は、得意げな顔で床板を見上げて、舌なめずりをした。

驚いたことに、徳次郎は水と僅かな焼き米だけで、誰にも気付かれることなく、こうして丸二日間、床下に潜んでいた。

かといって、特殊な忍びの技を仕込まれているわけではない。岡っ引きになる前は確かに手癖が悪く、盗みを働いたこともあるのだが、気付かれずに床下に潜む技は、岡っ引きとして長年働き、張り込みや情報収集をするうちに、自然と身についたのである。

幼き頃から忍び技をたたき込まれていれば、今頃は相当な者になっていたであろうが、神は徳次郎が持って生まれた才能を武家のために使うのではなく、庶民の安全に活《い》かす道を与えられた。

まあ、それはともかく。

重要な、そして恐るべき陰謀の情報を手に入れた徳次郎は、そのまま夜を待ち、上で酒宴がはじまると、そっと床下から這い出た。

忍び足で庭を走り、軽々と塀を越えて弥三郎の屋敷に戻ると、蠟燭が灯る部屋の前で止まった。塀に振り向いて、隣からこちらを見られていないことを確かめると、障子を開けて中に入った。

「確かに、信勝と申したのじゃな」

「へい」

「やはり、薪割りの男が南部信勝であったか」

徳次郎から報告を聞いた信平は、あの、異様な気配を発していた男に違いあるまいと思う。

「野郎、よくもおみっちゃんを騙しやがったな」

弥三郎が悔しげに言い、拳で膝を打った。

徳次郎が続けて、恐るべきたくらみを教えた。

五味は目を丸くして、障子の隙間から隣の屋敷を見て固唾を飲み、閉め切った。そして、信平に向く。

「信平殿、下手をすると戦になりかねないと言ったのは、尾張様が絡んでいることを知っていたからですか」

「いや、ただ、なんとなくそう思うただけじゃ。紀州徳川家を邪魔と思うのは誰であるかと考えると、やはり尾張殿であろうかと思ったまで」

「思ったまでって……。あはは、さすがは元公家です。涼しい顔をして言いますね」

「これでも気に病んでいる」

飄々と言う信平に、五味はまた笑った。十手で首をたたきながら言う。

「こうなっては、おれたちだけじゃ何もできませんよ。大目付様の仕事だ。悪いことは言いませんから、ここで手を引きましょう」

「だが、大目付が出張れば、尾張藩を取り潰すと言いかねぬ」

「仕方ないですよ。将軍の座を横取りするために、騒動を起こそうとしているんですから」

「果たして素直に潰されるであろうか。尾張藩は密《ひそ》かに軍備を整えているとも聞く。幕府の命に背いて兵を挙げれば、隣の山口のように、尾張藩に与する旗本がおるやもしれぬ」

「そ、そんな馬鹿な……」

五味は黙った。

代わりに、これまで黙って聞いていた弥三郎が言う。

「信平が言うとおりだ。幼い上様に不安を感じ、老中など、一部の取り巻きが幕政を牛耳《ぎゅうじ》ることに不満を抱く大名や旗本がいるとの噂を聞いたことがある。この本所と深川にいる連中も、不満をためているはずだ。いざ尾張が兵を挙げれば、味方をするかもしれない。どちらが勝つかおれには分からないが、はっきりしているのは、江戸が戦火に包まれるということだ」

五味が焦った。

「信平殿、どうします。どうすれば、尾張の陰謀を止められますか」

信平は即答した。

「襲撃を未然に防ぐしか、手はあるまい」

外障子を見る信平に、五味は慌てた。

「お、おれたちだけで、隣に踏み込む気ですか」

「うむ」

五味はごくりと喉を鳴らした。

「今なら、隣の奴らは酒に酔っていますぞ」

「この場合、弁明を許してはならぬ。隣が戦支度を終えて、出かける寸前まで待とう」

「おれも手伝うぞ、信平」

弥三郎が申し出た。信平が応じる前に、五味が弥三郎の手をにぎり、

「人数は、多いほうがいいですからね。そうだ、奉行所にも援軍を頼もう。屋敷を出

たところを押さえれば、なんとかなるでしょう」

さっそく徳次郎を走らせようとした五味を、信平が止めた。

「ここは、麿にまかせてくれ」

「一人で何をする気です」

「まあ、なんとかなろう」

涼しい顔で言うと、信平は横になり、呑気にあくびをした。

あっけに取られて顔を見合わせる五味と弥三郎と徳次郎であるが、彼らに背を向けた信平は、鋭い目を開けて、考えごとをしていた。

五

その頃、山口家の門をたたく者がいた。

招き入れられた男は、酒宴がされている広間に案内された。

十文字槍を肩に掛け、仲間と語り合っている南部信勝を見つけると、歩み寄って膝をついた。

ここにいるほとんどが由井正雪の弟子で、紀州が正雪を裏切ったと信じている者ばかりだ。尾張の陰謀など知るよしもなく、話題はもっぱら、頼宣を襲う手段。堅固な城から出てくる十七日を逃すまいと、熱く語っている。

そんな中、先ほど入ってきた男は、南部の耳元で何やらささやいている。

南部は途端に険しい顔となり、鋭い目を、騒がしく酒を飲んでいる浪人たちに向けた。

一人に目を止めた南部が、情報をもたらした男、葉角伝八《はすみでんぱち》に顎で指示を出す。

応じた葉角が、立ち上がって大声をあげた。

「おいみんな聞いてくれ」

盃を持つ手を止めて顔を向ける者たちを見回し、

「この中に、紀州の犬がいるぜ」

葉角はそう言うと、部屋の角にいる者を指差した。

「おいお前。顔を上げろ」

ひっそりと座って酒を飲む男は二人いる。総髪も乱れ、糸がほつれた着物と皺だらけの袴を穿いた浪人と、いま一人は、町人髷を結い、長羽織に股引《ももひき》を穿いた大工職人の身なりをした男である。

二人がゆるりと顔を上げると、葉角が指を向ける。

「袴を穿いたお前だ。貴様、誰の弟子だ」

「…………」

「答えられまい。紀州の忍びめ」

葉角が忍びと言ったので、皆が色めき立った。

葉角がほくそ笑む。

「密かに外と繋ぎを取っていることは、お見通しだ。ここに証がある」

懐から文を取り出し、皆に見えるように上げて言う。

「悪いが、お前の仲間は大川に沈んでもらった」

文を受け取った南部がさっそく読むと、鋭い目を男に向けた。

「紀州は、襲撃計画を知ってわざと、囮になるか」

「…………」

「答えろ！」

「ふん、だったらどうした」

開き直る忍びの男に、南部がほくそ笑む。

「自ら滅びに出てくるとは、頼宣も愚かな奴だ」

「そううまく、ことが運ぶかな」

忍びの男も、負けじと不敵な笑みを浮かべて続ける。

「頼宣様の周囲は強者《つわもの》が警固しておる。生きたい奴は、くだらぬことに手を貸さぬことだ」

それを聞いて、皆が立ち上がり、刀をつかんだ。じりじりと囲む者たちに、忍びの男は言う。

「この男が丸橋忠弥の弟子というのも、怪しいものだ」

「ふん、こ奴の言うことはでたらめだ」

落ち着きはらった声で南部が言うと、忍びの男が顔を上げた。

「南部信勝。貴様は師を殺された恨みがあるなどと申しているが、二年前、命と金のために、由井正雪と丸橋忠弥を裏切り、公儀隠密に計画のすべてを売ったであろう」

「馬鹿な、そのようなことがあってたまるか。騙されるでないぞ」

「ほう、あくまで白を切るか、尾張の犬めが」

「おのれ」

南部が立ち上がり、肩を怒らせて前に出た。

浪人どもは動揺し、左右に分かれて二人に間を空ける。

忍び男がゆっくり立ち上がり、南部を睨んだ。

「貴様は金と権力に目がくらみ、師を捨て、仲間を裏切ったのだ」

「くだらぬことを言いおって」

南部が十文字槍の穂先を向けた。

「これ以上言わせるな、殺せ！」

浪人どもが刀を構えた。

忍びが抜刀し、南部に向かって出ようとしたところ、浪人どもが立ち塞がった。上座にいる南部を守るべく、切っ先を向ける。

「おのれら、裏切り者をかばうか」

忍びに一喝されておののき、刀を引く者がいた。

「ぐあ」

その者の背中に、南部の十文字槍が容赦なく突き入れられた。

苦しみに顔を歪める浪人者から槍を引き抜き、もう一度突く。

断末魔の叫び声をあげた浪人者が、忍びにすがるような目を向けて倒れた。

南部に近づこうとする忍びを、他の浪人どもが刀を向けて止める。

「貴様ら」

「ふははははぁ」

南部が高笑いをした。

「ここにいる者にとっては、二年前のことなどどうでもよいのだ。分かるか、理想を掲げて幕府に戦を挑むのではなく、力で将軍の座を手に入れる者へ味方するのが、賢いやり方だと気付いたのだ。皆の者、こ奴を生かして屋敷から出すな。やれい！」

「おう！」

「騙されるな。こいつは金のために師を裏切り、大勢の仲間を死なせたのだぞ」

「ええい何をしておる、早くやれい！」

南部に急《せ》き立てられ、一人が斬りかかった。

「てぇい！」

忍びは、上段から打ち下ろされる刃をかわして胴を払う。

斬りかかった浪人は力なく歩を進めて止まり、喉の奥から呻き声をあげて突っ伏した。

血がしたたる刀をにぎっている忍びが、油断なく見回して言う。

「無駄な血を流すな、お前たちは騙されているのだ！」

「てや！」

別の者が横から斬りかかる刀を、忍びは弾き上げる。相手が怯んだ隙を突いて障子を蹴破り、庭に出た。

追って出た浪人が、背中を袈裟懸けに斬ろうとしたのをかわし、振り向きざまに相手の肩を斬った。

悲鳴をあげて倒れる浪人を飛び越えてきた者たちに、忍びは囲まれた。

音もなく前に出たのは、目つきが鋭い浪人だ。無言の気合をかけ、刀を突く。

忍びが刀を受け流す。だがその時、背後から迫る敵に背中を斬られた。

「くっ、お、おのれぇ」

焼けるような痛みに耐え、周囲を見回す。

「待てい!」

浪人のあいだを割って現れた南部が、槍を投げ渡した。

「槍と刀では勝負にならぬ。武士の情けだ。その槍を拾え」

「ふん、望むところよ」

忍びは逃げることをあきらめ、投げられた槍を拾った。

南部が左足を前に出して横を向き、腹の前で十文字槍の柄をにぎり、穂先を地面に向けて構える。

それに応じて、忍びは槍の柄を脇に挟むようにして構えを取った。

南部が穂先を地面に這わすように前に出て、

「えぇい！」

気合と同時に、忍びの腹を突いた。

忍びは柄で穂先を払い上げるが、槍を巧みに引いた南部の技が冴《さ》え、十文字の刃が忍びの籠手を切り裂いた。

背中に血を滲ませ、手首からも血を垂らす忍びの顔色が、青ざめていく。それでも、紀州者の意地をかけて前に出る。

柄を滑らせて穂先を伸ばし、腹を突くと見せかけて足を払った。

手の内はお見通しとばかりに払い上げた南部が、穂先を回転させて突く。

太腿を刺された忍びが、十文字槍の柄をつかんで止めた。

激痛に耐え、必死の形相で見上げる忍びを容赦なく押し崩し、槍を踏みつけて動きを封じると、南部が勝ち誇った顔で見下ろした。

「紀州者の槍術は、その程度か」

言うなり、脇差しを抜いて胸に突き入れた。

「ぐわ」

苦しみと憎しみに目を見開き、腕をつかもうとする忍びを突き放した南部が、無表情の顔で立ち上がると冷たい眼差しで見下ろした。

いくら手負いでも、紀州者とてかなりの遣い手。それをいとも容易く倒した南部は、

「実に恐ろしき奴」

と、師の丸橋を唸らせるほど、激しい槍を遣い、実力は師よりも、はるかに上だったのである。

動かぬ忍びを見下ろす南部は、騒ぎを聞きつけて出ていた山口忠弘を睨み、

「ここを出る。この者を座敷に運べ。役人の目を引くために、屋敷に火を放つのだ」

凄みを増した声で命じた。


隣の気配に気付いた信平は、いびきの中でむくりと起き上がった。

五味と徳次郎を置いて外に出ると、隣を見張っているはずの下っ引きが、植木の根元で眠りこけている。

外は静かだった。が、確かに、隣の屋敷の様子がおかしい。

ふと、気合の声が微《かす》かに聞こえた。

これには下っ引きも気付き、植木の根元で、ぼうっとした目を隣に向けている。

信平は、狐丸を帯に差し、下っ引きのところへ走った。

「公家の旦那。隣の様子が……」

「隣へ入る、手を貸してくれ」

下っ引きに梯子を支度させ、塀を越えた。

屋根を見上げると、微かに煙が出ている。

「かか、火事だ！」

下っ引きも気付いて、塀の向こうで大声を張りあげた。

信平は裏庭から表に回り、閉てられた雨戸に近づいて中の様子を探る。

気配はない。

左手の隠し刀を出し、雨戸を外した。

奥の襖がめらめらと燃え、手前の座敷に人の足が見えた。

ぴくりとも動かぬが、信平は駆け上がった。

仰向けに倒れている浪人者を抱き起こして、息を確かめた。

微かに呼吸をしている。

「おい！　しっかりせぬか！」

虫の息の男を揺すると、微かに目を開けた。

「の、のぶひら、どの」

「おぬし、麿の名を知っておるのか」

「それがしは、紀州様の家来」

「なんと！」

「殿の命で、この屋敷を探っておりました」

唇を震わせて必死に言う忍びは、山口と南部の名を告げ、背後に尾張藩の村越家老がいることを教えた。

信平が承知すると、

「や、奴らは、舟で品川へ上陸します。潜伏先は、品川、泊船寺《はくせんじ》。そこから、殿を襲う手筈《てはず》。品川宿にも、仲間が、います」

と、息も絶え絶えに言い、最後に、

「殿を、お守り、くだされ」

とうとう名を言わなかったが、しがみ付くようにして頼宣のことを頼み、息絶えた。

五味と弥三郎たちの手で火は消し止めたが、周囲が騒ぎとなっているため、隠すことはできぬ。

信平は五味にすべてをまかせて、一人で夜明けの町へ出ていった。

永代寺門前で船を雇っていると、

「殿、それがしも供をしますぞ」

誰かと思えば、善衛門が現れた。

常に監視の目があるということを、信平は改めて実感した。

善衛門は、驚く信平を見てうははと笑い、

「お初が動けぬとあっては、それがしの出番でござろう」

と、気取って言う。

善衛門はとぼけたような日々を送っているが、今でも監視役であることを思い出し、恐るべき一面を見たような気がして、信平は沈黙した。

この件が、上様の耳に入るのではと案じていると、

「殿、何をぼうっとしておいでじゃ。早うしませぬと、舅殿のお命が危のうござるぞ」

徳川の世を乱そうとする輩を成敗せんと張り切って鉢巻を巻きながら、善衛門は急がせる。

信平は善衛門と共に、雇った船に飛び乗り、品川に急がせた。

六

この日は、朝から雲ひとつない、爽やかな晴れの日であった。

「おたーちー」

かけ声を合図に、露払いを先頭に行列が動きだした。

徳川頼宣を乗せた駕籠に供をする家来は、たかがもみじ狩りといえども、先頭の露払いから最後尾までは、箱持ち、徒《かち》、引き馬など、百余名もいる。

これに、半蔵門外で尾張中納言の一行が加わり、総勢二百五十名の行列となった。

町を行き交う者たちは端に寄って道を譲り、下級武士は立ったまま頭を下げ、行列が過ぎるのを待つ。

駕籠に乗っている頼宣は、緊張した面持ちをしている。

紀州徳川家に向けられた疑いを晴らすためと、藩を潰そうと暗躍する輩を誘《おび》き出すためのもみじ狩りであるが、どこで襲撃を受けるかは分からぬ。

この陰謀に尾張が関わっているなら、寺に入った途端に豹変《ひょうへん》し、襲ってくるかもしれぬが、いずれにしても、紀州徳川家の疑いは晴れる。

頼宣は己の一命を賭してでも、紀州徳川家を守る覚悟であった。

駕籠の四方は、腕に覚えがある者たちが守っているため、よほどの剣豪が現れても近寄れぬが、狭い町中で奇襲を受ければ、どうなるか分からぬ。

虎ノ門《とらのもん》から市中へ出て、愛宕下《あたごした》を増上寺《ぞうじょうじ》のほうへ進む。

東海道を上方方面へ向かい、品川宿のにぎやかな町に入った頃には、行列の緊張は頂点に達した。

こころなしか、後方にいる尾張の行列が距離を空けはじめた。

これを気にした警固の者たちの目つきが、否応《いやおう》でも鋭くなる。道を空け、平伏して行列を見送る町の者たちの中に、刺客はいまいかと警戒する。だが、周囲の者たちに緊張が伝わらぬよう、警固をする者たちはできるだけ、身体から力を抜いている。

尾張の行列の中にいる馬上の村越は、藩主光義を乗せた駕籠のすぐ前を進みながら、ゆったりと進む紀州の様子を見てほくそ笑んだ。

警戒をしているようにはまったく見えなかったので、襲撃隊は容易く目的を果たせるであろうと思ったのだ。

品川宿の旅籠《はたご》の二階に目を向けた村越は、障子の陰から通りを見下ろす男に、小さくうなずいた。

先ほど南部隊に紛れ込ませている己の手の者が、支度は整っていると知らせてきていた。行列の進行に合わせて宿を発ち、泊船寺の本隊に呼応して海晏寺に押し込む手筈となっている。

そうとは知らぬ紀州の行列は、品川宿を悠々と抜けて行き、海辺の門前町を進んで、海晏寺に入った。

四半刻ほど待って、それぞれ潜伏していた宿を出た襲撃隊の者は、通りを進むに従って集合し、街道を右に曲がって、海晏寺の裏手に続く道に入った。

南品川宿の百姓地と、寺のあいだの道を走り抜けようとした時、寺の裏手から武士の一団が駆け出たので、一同は慌てて立ち止まった。

道を塞ぐように立った武士が、

「先手組与力、筒井順啓《じゅんけい》である。浪人追放の命により召し捕る。神妙にいたせ！」

と、大声をあげた。

深川で信平の屋敷を訪れたあの筒井が、信平から危急の知らせを受けて、暗躍する浪人どもを捕らえるべく張り込んでいたのだ。

御先手組同心五名と、捕り方三十余名を率いた筒井は、この者たちが徳川頼宣を狙

う由井正雪一味の残党と聞かされているが、背後にいる尾張の存在は知らぬ。それゆえ、咄嗟に抜刀した浪人どもを見て、

「逆らう者あればかまわぬ、斬れ！」

と命じて、抜刀するや、真っ先に飛びかかった。

たちまち乱戦となり、通りは修羅場となった。

御先手組を助けんがため、町役人たちも加勢し、浪人どもは一気に形勢不利となり、たちまちのうちに取り押さえられた。

その中には、村越の配下もいたのだが、乱戦のどさくさに紛れて物陰に隠れ、潜伏していた宿に逃げ戻ると、身なりを藩士の物に整え、村越に知らせるべく街道に出ていった。

その頃、泊船寺に潜伏し、籠手と胴と脚絆《きゃはん》の防具で戦支度を整えた南部は、紀州の行列が隣の海晏寺に入って間もなく、襲撃の頃合いよしと判断した。

部下に命じて、縛り上げていた坊主たちの縄を解かせると、

「拙者は、慶安の変で討ち死にした、丸橋忠弥の弟子、南部信勝である。これより、師を裏切った憎き仇の徳川頼宣を討ち取る」

ぎょっとして見上げる和尚に、手筈どおり宣言した。

すると、同じく戦支度をした山口忠弘が、南部の横に並び、和尚の前に金百両の包み金を置いた。

「これは迷惑料じゃ。もし、我らが討ち死にしたる時は、弔《とむら》ってもらいたい」

などと、大芝居をうった。

紀州の行列は百人を超えるが、いざとなれば尾張も加勢に入ると信じているため、負けるとは思っていない。

決死の切り込みをかけると信じた和尚が、姿勢を正し、手に数珠《じゅず》を巻いて拝んだ。それを見習い、小坊主たちも手を合わせている。

「方々《かたがた》、いざまいろうぞ」

南部が背を返し、閉てられた板戸を開けはなった。そして本堂から駆け下りようとした時、灯籠の陰からゆるりと歩み出た者に気付いて止まる。

その者は、白い狩衣に、藤色の指貫を穿き、薄絹の衣を頭の上にかざして、顔を隠している。

鶯色のこしらえの太刀が、その者の神々しさを一層引き立てていた。

「な、何奴だ」

「控えい！」

「うぬ！」

浪人どもが色めき立つ中、前に出た善衛門が告げる。

「このお方は、鷹司松平信平様であるぞ」

「鷹司、松平だと？」

信平は、善衛門の横で南部と対峙した。

「深川の屋敷で紀州徳川家の家来を殺害し、頼宣侯を襲って世を乱そうとする所業、この信平、許すわけにはまいらぬ」

「貴様、なぜそれを……」

山口が動揺し、身構える。

南部が、信平の身なりを見てほくそ笑む。

「慌てるな。この者が誰であろうと、我らの敵ではない。殺してしまえば口出しできぬ」

そう言われても、山口は動揺を隠せぬ。

前将軍家光の義弟である信平を前に、徳川の禄を食む山口は怖気づき、両膝をついた。

それに習い、坂東も膝をつく。

だが、南部は十文字槍を構え、他の者は抜刀した。

「我らは浪人だ。鷹司だろうが松平だろうが、邪魔をする者は斬る！　山口、ここで下がってどうする。立て！」

こう凄むものだから、山口は思い直し、信平を討つべく立ち上がった。

「斬ってすてい！」

南部に応じた浪人たちが、本堂から駆け下りてきた。

信平は善衛門の前に出て、向かってくる浪人の顔に薄絹を投げるやいなや、身を転じて刃をかわし、すれ違う。前にいる浪人と対峙する信平の左手の袖には、隠し刀の切っ先が光り、赤い鮮血が垂れ落ちる。

薄絹を掛けられた浪人は地面に転がり、斬られた太腿を押さえて呻いている。

負けじと前に出た善衛門が抜刀し、

「たわけどもめが、この左門字でこらしめてくれる」

家光より拝領の宝刀を正眼に構えた。

「とう！」

「おおぅ」

老人だと馬鹿にした浪人が斬りかかったが、善衛門の一刀流が炸裂し、胸を突かれて仰向けに倒れる。

その太刀さばきたるや見事で、気合と力がみなぎっている。

思わぬ強敵に、浪人どもはたじろいだ。だが、公家の信平であれば倒せると思ったか、ここで負けてなるものかと、刀を振りかざして向かってくる。

善衛門と離れた信平は、敵を引き付ける。そして、狐丸を抜刀して前に出る。

打ち下ろされる敵の刃を俊敏にかわし、狐丸で胴を払う。次々と斬りかかる敵を右へ左へとかわしながら狐丸を振るい、胴を、背中を斬り裂き、浪人どものあいだを突き抜けた時には、後方で動きを止めた七名が、呻いて倒れた。

「秘剣、突き崩し」

そう言った信平は、南部を捜して走る。

信平に恐れをなして逃げようとした山口の前に、善衛門が立ちはだかった。

「どけい爺！」

無我夢中で振るう山口の太刀を善衛門が払い上げ、

「とりゃぁ！」

気合と共に、返す刀で渾身《こんしん》の一撃を食らわせた。

右肩から袈裟懸けに斬り倒された山口に向かって、

「爺とはなんじゃ、馬鹿者」

憤慨して言う。

その隙を突いて、坂東が斬りかかってきた。

善衛門は、軽くあしらうように刀を弾き、足の筋を斬って動きを封じた。

悲鳴をあげて倒れた坂東は、立ち上がろうとしたが、足が動かぬ。身動きが取れぬとみるや、捕らえられることを恐れ、自ら腹を切って果てた。

善衛門は背を向け、ため息をつく。

信平は、十文字槍を構える南部と対峙していた。

槍の穂先を地面に向けて構える宝蔵院流は、刀で戦うには強敵である。

それを知っている南部は、十文字槍の穂先を煌めかせ、

「武《ぶ》を知らぬ公家の秘剣など、我が宝蔵院流の敵ではない」

余裕の笑みさえ浮かべて言う。

これに対し信平は、左足を出して左の手刀を立て、右手の狐丸を背後に隠す構えをしている。

その信平の背後には、物陰に隠れている葉角伝八がいる。弓に矢を番《つが》え、信平に狙いを定めていざ射らんとした時、

「おおう！」

怒号をあげて善衛門が突進してきた。

驚いた葉角が、慌てて狙いを転じた。だが、放った矢は善衛門の肩をかすめて飛んで行った。

怯むことなく突進する善衛門を迎え撃とうと、葉角は大刀に手を掛けた。抜刀して振り上げた時、善衛門の左門字が胸板を貫いた。

呻き、目を見開いた葉角が、胸に突き刺さる左門字を素手でつかんだ。善衛門は左門字を抜き、背を向ける。

葉角は、善衛門を斬らんと、右手ににぎる刀を振り上げた時血を吐き、呻いて倒れた。

「殿！　残るはその者だけですぞ」

善衛門の声で、葉角の死を知った南部が、忌々しげな顔を信平に向ける。

勝負は一撃で決まる。

両者が同時に出た。

「やあ！」

気合をかけた南部が、穂先を地面すれすれに這わせながら迫る。十文字槍が、信平の身体を貫かんと、生き物のように上向く。

信平は、右手の狐丸を振るって穂先を弾き、右に切り返して一文字に一閃《いっせん》した。

南部は飛びすさって切っ先をかわすと同時に、十文字槍の特性を活かした引きの攻撃で、信平のふくらはぎを裂こうと狙う。

見もせず飛んでかわす信平。

槍を引いた南部は、瞬時に鋭く突く。

胸に迫る穂先を、信平は右に転じてかわした。

南部が右腕一本で十文字槍を鋭く振るい、かわした信平を打つ。

狐丸で受け止めた信平。

南部はほくそ笑み、槍を引く。

十文字槍が、信平の腕めがけて背後から迫る。が、信平は狩衣の袖を振るって転じ、横に飛ぶ。

引いた十文字槍の穂先を信平に向ける南部。

狩衣の袖を振るって華麗に舞い下りた信平は、右足で着地するやいなや地を蹴って飛び、南部に迫る。

南部は突く。

「おう！」

気合をかけ、鋭く突かれた穂先が、信平の胸を貫くかに見えた。

しかしその穂先はむなしく空を切り、信平は、南部に迫る。

南部は穂先を転じようとしたがもう遅い。

狐丸が、南部の胸を貫いた。

「うぐ」

驚愕の目を見開いた南部が、眼前にいる信平の首を左手でつかもうとした。

だが信平は引き、背を向ける。

「お、おのれっ」

南部は声をしぼり出して下がり、十文字槍を構えようとしたが、立ったまま事切れ、横向きに倒れた。

槍を持ったまま絶命する南部を見下ろした信平が、静かに狐丸を納める。

「殿、お見事でござる」

駆け寄る善衛門に顔を上げた信平は、大きな息を吐いた。そして、本堂に立ちすくむ和尚たちのもとへ歩む。

正座して迎える和尚に、信平は言う。

「ここで見聞きしたこと、世を乱さぬために他言無用に願いたい」

「承知いたしました」

和尚は、神妙に頭を下げた。

信平はさらに言う。

「金子を届けさせるゆえ、死者の弔いを頼む」

「弔い金は、預かってございます」

震えながら言う和尚が、山口が渡したという包み金を見せた。

「では、よしなに頼む」

信平は頭を下げ、善衛門と立ち去った。

七

白い生地に、紺の葵の御紋が染められた陣張りをした尾張と紀州の両家を挟み、紅葉したもみじを見渡せる場所に、二十畳もの畳が敷かれている。

一般の行楽客の立ち入りを禁じた境内で、盛大な茶会が開かれていた。

誘った側の頼宣は、甥の光義を客人として丁寧にもてなし、それこそ、将軍を迎えたがごとく持てはやした。

見ようによっては嫌味にも取れるのだが、光義は大いに満足し、上機嫌で叔父と接していた。そこへ、家老の村越が近づき、

「殿、他にもよき眺めがございますぞ」

耳元でささやく。

応じた光義が、笑顔で頼宣に言う。

「叔父上、この見事なもみじを前に座っていては、もったいのうございますゆえ、ちと、散策してまいります」

「おお、さようか。うむ。そうされるがよろしかろう」

頼宣が立ち上がり、家老たちと散策に向かう光義を見送る。

尾張方が遠ざかったところで、

「そろそろ来るぞ、油断いたすな」

警固の者が言い、紀州方は一気に緊張が高まった。

油断なく周囲を見回し、曲者を警戒すると、尾張の者たちが、光義が遠ざかるに従って持ち場を離れ、茶会の席から離れてゆく。

「おのれ尾張の小童《こわっぱ》め、何をたくらんでおる」

頼宣が憎々しげに言いながら光義を見ていると、本堂のほうから一人の藩士が走り、光義のもとへ向かって行くのが見えた。

頼宣や警固の者が見ている中、藩士から報告を受けた村越は、

「な、なんじゃと」

襲撃隊が御先手組に捕縛された報告に愕然となり、呆けたように立ちすくんだ。

「村越、いかがしたのじゃ」

呑気にもみじを眺めながら、光義が訊くと、村越は我に返った。

「殿、急ぎ屋敷にお戻りください」

「うむ？」

事情を知らぬ光義は、焦る村越の言葉が理解できないでいる。

「せっかく叔父上が招待くださったのだ。途中で帰るは失礼であろう」

この言葉が、陰謀の首謀者が村越であることを知らしめた。藩主光義は、家老の村越が紀州徳川家を潰そうとしていることなど、夢にも思っていないのである。

なんとか光義を連れ帰ろうとしている村越のもとへ、別の家来が走ってきた。

光義から離れたところで、家来から知らせを受けた村越は、

「た、鷹司松平殿が……」

遠目に見える泊船寺の屋根を見つめて、とうとうその場にへたり込んだ。

家老の異変に気付いた生駒が駆け寄ると、

「しまいじゃ、生駒」

呆然と言う家老の言葉に、生駒は顔面蒼白《そうはく》となり、散策を続ける光義を見た。

「尾張は、どうなるのです」

生駒は、しぼり出すような声で言い、固唾を飲む。

その頃、畳から離れずに警戒していた頼宣は、何も起きぬことに苛立ちはじめていた。

「これでは、わざわざここまで来た甲斐《かい》がないではないか」

何か起きてくれねば、この手で陰謀を暴けぬし、幕府からのあらぬ疑いを晴らすこともできぬ。

「誰か、外の様子を見てまいれ」

焦るあまり、襲撃者を迎えに行けとまで言うありさまだ。

そこへ、来客を告げる家来がやってきた。

「殿、葉山善衛門なる者が、書状を届けてまいりました」

「何、葉山じゃと」

葉山善衛門といえば、信平の監視役。

「ここまで書状を届けるとは、何ごとじゃ」

不機嫌に書状を受け取り、広げて目を走らせるなり、

「な、なんと！」

大きな目を開けて絶句した。

「殿、いかがされました」

案じる家老に、頼宣は書状を渡した。

目を通した家老が、

「鷹司殿が、悪しき者を成敗……」

手を震わせ、唇を震わせ、

「すべて丸く収めたゆえ、ゆるりともみじ狩りをお楽しみください。と、書いてございます」

「声に出さずとも分かっておる」

不機嫌に叱りつけた頼宣だが、目は笑っていた。

「あ奴め。いったいどこで、わしの危機を知ったのだ」

信平と別所との出会いからはじまり、我が夫に一目会いたいがために町を出歩いた

松姫と、それを守ろうとする中井、そして、紀州藩士の中井をつけ回す怪しい人物を偶然見かけた信平が、我が妻を想うあまり怪しい人物を探り、世を乱す陰謀を知ったことなど、頼宣には想像がつくまい。

将軍の命で信平に付いている葉山善衛門が、情報をもたらしたのかと思った頼宣は、これで公儀の疑いも晴れると確信し、安堵の息を吐いた。

そして、

「なかなかに、やりおる」

と、信平のことを想い、微笑んだのである。

八

この数日後、江戸城本丸に上がった善衛門は、将軍家綱の前で平伏し、信平がどのように関わったかを、詳細に報告した。

それを受け、老中松平信綱は、尾張の関わりがあったであろうと強い口調で責めたが、善衛門は、のらりくらりとはぐらかし、

「こたびの騒動は、二年前に由井正雪が起こした事件の折、師である丸橋忠弥を裏切

った南部信勝が、残党の復讐を恐れ、その矛先をそらすために、紀州様を襲撃するよう仕向けたのでございます」

「ではあくまで、南部信勝と由井正雪の残党どもの争いで、尾張は関与せず、紀州はとばっちりを受けただけと申すか」

「そのとおりでございます」

善衛門はふたたび平伏したが、知恵伊豆こと、松平信綱の追及は終わらぬ。

「どうも解《げ》せぬな。葉山、おぬし、まだ何か隠しておろう」

「隠すなど、滅相もないことでございます」

「嘘を申すでないぞ。信平になんと言われたのだ。何があっても、紀州と尾張をかばえと言われたか」

「この石頭めが」

平伏する善衛門が顔をしかめ、思わず口に出した。

信綱が眉をぴくりとさせる。

「今、なんと申した」

「いえ、何も」

善衛門がとぼけると、信綱が扇子で膝をたたき、

「石頭と申したであろう！」

珍しく大声をあげた。

だが、善衛門は平然とした顔を上げて、

「おそれながら、上様に申し上げ奉りまする」

上段の間に向かって言う。

家綱が発言を許すと、善衛門は平身低頭した。

「殿、いえ、信平様は常々、徳川の世の安寧を願《ねご》うておられます。それゆえこたびは、世を乱そうとする者どもに立ち向かい、天に代わってこれを成敗されたのでございます。禄を加増されこそすれ、責めを負うようなことは、何ひとつなさってはおりませぬ」

「ほざいたな善衛門！」

「もうよい伊豆」

家綱に止められ、信綱は、

「はは」

と言って控えた。

「信平はどのようにして、たくらみに気付いたのだ」

家綱に訊かれて、善衛門は中井春房の名を出した。

「深川に渡っておられた紀州家中の中井殿が、妙な輩につけ回されているところを、信平様が偶然見かけられたのでございます。浪人狩りの一件に関わる者ではないかと疑われ、調べられましたらば、山口忠弘の屋敷へ行き着いたのでございます」

「それで、南部信勝と由井正雪の残党の悪事を暴いたか」

「はい」

「まことであるのだな」

「まことにございます」

「よう分かった」

「上様」

口を出そうとする信綱を、家綱が止める。

「もうよいのだ伊豆。これ以上の詮索は、かえって危ういとは思わぬか」

「そ、それは……」

信綱は、押し黙った。

僅か十三歳の将軍は、尾張と紀州の危うさを理解していると、善衛門は感心した。

信平がしたように、この将軍もまた、真相を暴いて突きつけるのではなく、沈黙をもって重圧を掛ける道を選んだのだ。

　こののち、家老の村越が病気療養を届け、尾張の館に身を潜めたことで、尾張藩は親藩中最大の大藩でありながらも、長年にわたり影が薄い存在となる。

　それはさておき、手柄を挙げた信平のことであるが、将軍家綱は、とんでもないことを言った。

「信平のこたびの働き、まことにあっぱれである。余は、信平を町奉行にしたいと思うがどうじゃ」

　こう言ったものだから、その場にいた幕閣は愕然とした。

　町奉行といえば三千石の禄高である。五十石からいきなり三千石の大出世に、善衛門は嬉しさのあまり、今にも飛び上がりそうな面持ちだ。

　だが、大老酒井忠勝が、猛反対した。

　町奉行は譜代の家臣から選ぶのが習い。しかも、まだ十代の信平に務められるほど甘い役目ではないというのが理由だ。

「余は十三で将軍ぞ」

　と、反発した家綱だが、譜代の家臣から出すということには、従うしかなかった。

　何を言い出すものやら、と、胸をなで下ろす酒井たちを見つめる家綱は、

「功名に応えずして、いつ加増すると申すのじゃ。そなたらは、信平を潰すつもりでおるのか。忠勝、どうなのじゃ」

酒井は神妙に答えた。

「そのようなことは、思うておりませぬ」

「では、こうされたらいかがか」

これまで黙っていた阿部豊後守忠秋が、上段の間にいる家綱に向いて提案した。

「禄を五十石ほど加増し、屋敷を深川から江戸に移させてはいかがでしょうか。禄高はともかく、屋敷を江戸市中に移すことは、何よりの褒美ではないかと存じます」

「おお、それはありがたい」

と、思わず声をあげた善衛門が、信綱に睨まれて首をすくめた。

その信綱が、阿部豊後守に訊く。

「屋敷をどこに移すと申すのだ」

阿部豊後守はすぐには答えられず、思案していると、

「四谷《よつや》あたりがよい」

と、先に信綱が言った。

「かの地は先手組の屋敷も多いゆえ、静かに暮らしていただけよう」

気軽に町中を出歩く信平に不満を抱いている信綱らしい意見だが、他に候補地がないと言うので、そのまま決まってしまった。

「善衛門、屋敷のことはおって沙汰《さた》する。このこと、しかと信平に伝えよ」

将軍家綱に言われて、

「はは」

善衛門は慌てて返事をした。


その夜、膳に激しく器を置くお初の態度に、善衛門はびくりとした。

屋敷替えを聞いた直後に恐ろしげな顔となり、一言もしゃべらずご飯を食べている。

この深川ならともかく、気性の荒い御先手組の屋敷が建ち並ぶ四谷へなど移れば、公家の出の信平がどのような仕打ちを受けるか分かったものではない。と、案じているのだ。

そしてその苛立ちは、信平の態度にも原因があった。

善衛門から屋敷替えを聞いても、文句のひとつも言わずに、

「その町は、おもしろいのか」

などと、呑気に訊いたからだ。善衛門がお初から顔を転じて、信平に向いて言う。

「筒井殿のような御先手組の連中が、大勢住む町でしてな。直参旗本と申しても、一癖も二癖もある者が多く、中には、悪事を働く輩もおりまする」

「ふむ、さようか」

「殿、この深川のようにはいきませぬぞ。代々なんらかの役に就く御家が軒を連ね、気位が高い者ばかりですからな」

「ふむ、さようか」

「百石へ御加増が成ったのでございますから、四谷へ移りましたら武士らしくしませぬと、気位が高い連中に睨まれます」

「ふむ、さようか」

「ですから殿、狩衣は、おやめいただかなくてはなりませぬぞ」

「ふむ、さようか」

「話を聞いておられるのか殿」

「ふむ、ええ？」

二人のやりとりに、お初はさらに機嫌を悪くし、善衛門は不安を並べるが、信平は何も気にしていなかった。

前向きに考えていれば、悪いようにはならぬと信じているからである。

どこに住まおうが生活態度を変えるつもりはなく、狩衣も、やめられぬということだ。

あとがき

「公家武者信平《のぶひら》ことはじめ」第二弾をお手に取ってくださり、ありがとうございます。

全十六巻ある「公家武者 松平信平」を、「公家武者信平ことはじめ」シリーズとして再スタートさせていただくことになりました。

「公家武者信平」シリーズは、二〇二一年で十年の節目を迎えます。

思い返せば、時代小説作家としてかけ出しだったわたしは、日々締め切りに追われ、がむしゃらに書いていました。

そして今はどうなのかといいますと、相変わらず締め切りに追われています。

年齢も葉山善衛門に近づきました。

長時間座っていると身体が固まり、立ち上がった直後は腰が曲がったまま歩いていました。どうしたものかと考えている時、ふと、立って書かれている作家さんがいらっしゃると編集さんがおっしゃっていたのを思い出し、さっそく試してみたところ、
これがいい。

より集中でき、身体も楽。

今はもう、やめられなくなりました。

厳しい競争の中で、「公家武者信平」を長年書き続けられるのは、ご愛読くださっているファンの皆様のおかげです。この場をかりて、感謝申し上げます。

「ことはじめ」から「公家武者信平」をお手に取ってくださった方には、これからも楽しんでいただけると幸いです。

二見書房版をお読みくださった読者の皆様には、修正加筆した部分と特別編をお楽しみいただければと思っています。

現在進行中の「公家武者信平」版では、公家の出身である信平が、これまでにない厳しい状況に置かれようとしています。

謎が多い敵の、ほんとうの目的はなんなのか。

信平は、今の立場を守れるのか。そしてこれまでどおり、悪に苦しむ人々を救えるのか。

「ことはじめ」シリーズは、大きな敵に立ち向かう信平の、若き日々の物語です。

より一層完成度を高めてまいりますので、どうぞこれからもお付き合いくださいますよう、お願い申し上げます。

佐々木裕一

本書は『姫のため息　公家武者　松平信平２』（二見時代小説文庫）を大幅に加筆・改題したものです。

|著者|佐々木裕一　1967年広島県生まれ、広島県在住。2010年に時代小説デビュー。「公家武者　信平」シリーズ、「浪人若さま新見左近」シリーズのほか、「若返り同心　如月源十郎」シリーズ、「身代わり若殿」シリーズ、「若旦那隠密」シリーズなど、痛快かつ人情味あふれるエンタテインメント時代小説を次々に発表している時代作家。本作は公家出身の侍・松平信平が主人公の大人気シリーズ、その始まりの物語、第2弾。

姫《ひめ》のため息《いき》　公家武者信平《くげむしやのぶひら》ことはじめ㈡

佐々木裕一《ささきゆういち》

講談社文庫

定価はカバーに
表示してあります

2020年12月15日第1刷発行

発行者──渡瀬昌彦
発行所──株式会社　講談社
東京都文京区音羽2-12-21　〒112-8001
電話　出版（03）5395-3510
　　　販売（03）5395-5817
　　　業務（03）5395-3615

Printed in Japan

デザイン─菊地信義
本文データ制作─講談社デジタル製作
印刷───大日本印刷株式会社
製本───大日本印刷株式会社

ISBN978-4-06-521927-0

講談社文庫刊行の辞

二十一世紀の到来を目睫に望みながら、われわれはいま、人類史上かつて例を見ない巨大な転換期をむかえようとしている。

世界も、日本も、激動の予兆に対する期待とおののきを内に蔵して、未知の時代に歩み入ろうとしている。このときにあたり、創業の人野間清治の「ナショナル・エデュケイター」への志を現代に甦らせようと意図して、われわれはここに古今の文芸作品はいうまでもなく、ひろく人文・社会・自然の諸科学から東西の名著を網羅する、新しい綜合文庫の発刊を決意した。

激動の転換期はまた断絶の時代である。われわれは戦後二十五年間の出版文化のありかたへの深い反省をこめて、この断絶の時代にあえて人間的な持続を求めようとする。いたずらに浮薄な商業主義のあだ花を追い求めることなく、長期にわたって良書に生命をあたえようとつとめるところにしか、今後の出版文化の真の繁栄はあり得ないと信じるからである。

同時にわれわれはこの綜合文庫の刊行を通じて、人文・社会・自然の諸科学が、結局人間の学にほかならないことを立証しようと願っている。かつて知識とは、「汝自身を知る」ことにつきていた。現代社会の瑣末な情報の氾濫のなかから、力強い知識の源泉を掘り起し、技術文明のただなかに、生きた人間の姿を復活させること。それこそわれわれの切なる希求である。

われわれは権威に盲従せず、俗流に媚びることなく、渾然一体となって日本の「草の根」をかたちづくる若く新しい世代の人々に、心をこめてこの新しい綜合文庫をおくり届けたい。それは知識の泉であるとともに感受性のふるさとであり、もっとも有機的に組織され、社会に開かれた万人のための大学をめざしている。大方の支援と協力を衷心より切望してやまない。

一九七一年七月

野間省一

講談社文庫 最新刊

西尾維新
新本格魔法少女りすか3
魔法少女りすかと相棒の創貴《きずたか》は、全身に『口』を持つ元人間・ツナギと戦いの旅に出る！

赤川次郎
キネマの天使
〈レンズの奥の殺人者〉
舞台は映画撮影現場。佳境な時にスタントマンが殺されて!? 待望の新シリーズ開幕！

森博嗣
ツベルクリンムーチョ
〈The cream of the notes 9〉
森博嗣は、ソーシャル・ディスタンスの達人だ。深くて面白い書下ろしエッセイ100。

赤神諒
酔象の流儀 朝倉盛衰記
傾き始めた名門朝倉家を、織田勢から一人で守ろうとした忠将がいた。泣ける歴史小説。

田中啓文
件《くだん》
〈もの言う牛〉
予言獣・件の復活を目論む新興宗教「みさき教」の封印された過去。書下ろし伝奇ホラー。

吉川英梨
月《げっ》下《か》蠟《ろう》人《じん》
〈新東京水上警察〉
巨大クレーンに吊り下げられていた死体入り蠟人《ろうにん》形《ぎょう》。その体には捜査を混乱させる不可解な痕跡が!?

加賀乙彦
殉教者
聖地エルサレムを訪れた初の日本人・ペトロ岐部《きべ》カスイの信仰と生涯を描く、傑作長編！

横尾忠則
言葉を離れる
観念よりも肉体的刺激を信じてきた画家が伝える「魂の声」。講談社エッセイ賞受賞作。

荒崎一海
一色町雪花
〈九頭竜覚山 浮世綴㈤〉
師走の朝、一面の雪。河岸《かし》で一色小町と評判の娘が冷たくなっていた。江戸情緒事件簿。

黒木渚
本性
孤高のミュージシャンにして小説家、黒木ワールド全開の短編集！ 震えろ、この才能に。

講談社文芸文庫

塚本邦雄
新古今の惑星群
万葉から新古今へと詩歌理念を引き戻し、日本文化再建を目指した『藤原俊成・藤原良経』。新字新仮名の同書を正字正仮名に戻し改題、新たな生を吹き返した名著。

解説・年譜＝島内景二
978-4-06-521926-3
つE12

塚本邦雄
茂吉秀歌『赤光』百首
近代短歌の巨星・斎藤茂吉の第一歌集『赤光』より百首を精選。アララギ派とは一線を画して蛮勇をふるい、歌本来の魅力を縦横に論じた前衛歌人・批評家の真骨頂。

解説＝島内景二
978-4-06-517874-4
つE11

佐藤雅美　向井帯刀の発心〈物書同心居眠り紋蔵〉
佐藤雅美　一心斎不覚の筆禍〈物書同心居眠り紋蔵〉
佐藤雅美　魔物が棲む町〈物書同心居眠り紋蔵〉
佐藤雅美　ちよの負けん気、実の父親〈物書同心居眠り紋蔵〉
佐藤雅美　へこたれない人〈物書同心居眠り紋蔵〉
佐藤雅美　わけあり師匠事《こと》の顛末〈物書同心居眠り紋蔵〉
佐藤雅美　御奉行の頭の火照《ほて》り〈物書同心居眠り紋蔵〉
佐藤雅美　江戸繁昌記〈寺門静軒無聊伝〉
佐藤雅美　青雲遥かに〈大内俊助の生涯〉
佐藤雅美　悪足掻《あが》きの跡始末 厄介弥三郎
酒井順子　負け犬の遠吠え
酒井順子　金閣寺の燃やし方
酒井順子　昔は、よかった？
酒井順子　もう、忘れたの？
酒井順子　そんなに、変わった？
酒井順子　泣いたの、バレた？
酒井順子　気付くのが遅すぎて、
酒井順子　朝からスキャンダル
酒井順子　忘れる女、忘れられる女
佐野洋子　嘘ばっか〈新釈・世界おとぎ話〉
佐野洋子　コッコロから
佐川芳枝　寿司屋のかみさん　サヨナラ大将
笹生陽子　ぼくらのサイテーの夏
笹生陽子　きのう、火星に行った。
笹生陽子　世界がぼくを笑っても
沢木耕太郎　一号線を北上せよ〈ヴェトナム街道編〉
櫻田大造　「優」をあげたくなる答案・レポートの作成術
沢村　凜　タソガレ
佐藤多佳子　一瞬の風になれ　全三巻
笹本稜平　駐在刑事
笹本稜平　駐在刑事　尾根を渡る風
佐藤あつ子　昭《あき》　田中角栄と生きた女
西條奈加　世直し小町りんりん
西條奈加　まるまるの毬《いが》
佐伯チズ　改訂完全版　佐伯チズ式「完全美肌バイブル」〈123の肌悩みにズバリ回答！〉
斉藤　洋　ルドルフとイッパイアッテナ
斉藤　洋　ルドルフともだちひとりだち
佐々木裕一　若返り同心　如月源十郎〈不思議な飴玉〉
佐々木裕一　若返り同心　如月源十郎〈闇の顔〉
佐々木裕一　公家武者　信平《のぶひら》〈消えた狐丸〉
佐々木裕一　逃げた名馬〈公家武者　信平㈡〉
佐々木裕一　比叡山の鬼〈公家武者　信平㈢〉
佐々木裕一　公《く》卿《ぎょう》の罠《わな》〈公家武者　信平㈣〉
佐々木裕一　狙われた旗本〈公家武者　信平㈤〉
佐々木裕一　赤い刀身〈公家武者　信平㈥〉
佐々木裕一　帝《みかど》の刀《とう》匠《しょう》〈公家武者　信平㈦〉
佐々木裕一　若君の覚悟〈公家武者　信平㈧〉
佐藤　究《きわむ》　QJKJQ
佐藤　究　Ank:〈a mirroring ape〉
佐藤　究　サージウスの死神
佐野　晶　三田紀房・原作　小説アルキメデスの大戦
澤村伊智　恐怖小説キリカ
さいとう・たかを　戸川猪佐武　原作　歴史劇画　大宰相〈第一巻　吉田茂の闘争〉
さいとう・たかを　戸川猪佐武　原作　歴史劇画　大宰相〈第二巻　鳩山一郎の悲運〉
さいとう・たかを　戸川猪佐武　原作　歴史劇画　大宰相〈第三巻　岸信介の強腕〉
さいとう・たかを　戸川猪佐武　原作　歴史劇画　大宰相〈第四巻　池田勇人と佐藤栄作の激突〉
さいとう・たかを　戸川猪佐武　原作　歴史劇画　大宰相〈第五巻　田中角栄の革命〉

さいとう・たかを 戸川猪佐武 原作 歴史劇画 大宰相〈第六巻 三木武夫の挑戦〉
さいとう・たかを 戸川猪佐武 原作 歴史劇画 大宰相〈第七巻 福田赳夫の復讐〉
さいとう・たかを 戸川猪佐武 原作 歴史劇画 大宰相〈第八巻 大平正芳の決断〉
さいとう・たかを 戸川猪佐武 原作 歴史劇画 大宰相〈第九巻 鈴木善幸の苦悩〉
さいとう・たかを 戸川猪佐武 原作 歴史劇画 大宰相〈第十巻 中曽根康弘の野望〉
佐藤　優 人生の役に立つ聖書の名言
佐々木　実 竹中平蔵 市場と権力 「改革」に憑かれた経済学者の肖像
司馬遼太郎 新装版 播磨灘物語 全四冊
司馬遼太郎 新装版 箱根の坂(上)(中)(下)
司馬遼太郎 新装版 アームストロング砲
司馬遼太郎 新装版 歳　月(上)(下)
司馬遼太郎 新装版 おれは権現
司馬遼太郎 新装版 大坂侍
司馬遼太郎 新装版 北斗の人(上)(下)
司馬遼太郎 新装版 軍師二人
司馬遼太郎 新装版 真説宮本武蔵
司馬遼太郎 新装版 最後の伊賀者
司馬遼太郎 新装版 俄(上)(下)
司馬遼太郎 新装版 尻啖え孫市(上)(下)
司馬遼太郎 新装版 王城の護衛者
司馬遼太郎 新装版 妖　怪(上)(下)
司馬遼太郎 新装版 風の武士(上)(下)
司馬遼太郎 戦雲の夢〈レジェンド歴史時代小説〉
司馬遼太郎 海音寺潮五郎 新装版 日本歴史を点検する
司馬遼太郎 井上ひさし 新装版 国家・宗教・日本人
司馬遼太郎 陳舜臣 金達寿 新装版 歴史の交差路にて〈日本・中国・朝鮮〉
柴田錬三郎 お江戸日本橋(上)(下)
柴田錬三郎 貧乏同心御用帳
柴田錬三郎 新装版 岡っ引どぶ〈柴錬捕物帖〉
柴田錬三郎 新装版 顔十郎罷り通る(上)(下)
白石一郎 庖丁ざむらい〈十時半睡事件帖〉〈レジェンド歴史時代小説〉
島田荘司 御手洗潔の挨拶
島田荘司 御手洗潔のダンス
島田荘司 暗闇坂の人喰いの木
島田荘司 水晶のピラミッド
島田荘司 眩（めまい）暈
島田荘司 アトポス
島田荘司 異邦の騎士〈改訂完全版〉
島田荘司 御手洗潔のメロディ
島田荘司 Pの密室
島田荘司 ネジ式ザゼツキー
島田荘司 都市のトパーズ2007
島田荘司 21世紀本格宣言
島田荘司 帝都衛星軌道
島田荘司 UFO大通り
島田荘司 リベルタスの寓話
島田荘司 透明人間の納屋
島田荘司 占星術殺人事件〈改訂完全版〉
島田荘司 斜め屋敷の犯罪〈改訂完全版〉
島田荘司 星《せい》籠《ろ》の海(上)(下)
島田荘司 屋上
島田荘司 名探偵傑作短篇集 御手洗潔篇
島田荘司 火刑都市〈改訂完全版〉
清水義範 蕎《そ》麦《ば》ときしめん
清水義範 国語入試問題必勝法
椎名　誠 にっぽん・海風魚旅〈怪し火さすらい編〉
椎名　誠 大漁旗ぶるぶる乱風編〈にっぽん・海風魚旅4〉

講談社文庫　目録

椎名　誠　南シナ海ドラゴン編〈にっぽん・海風魚旅5〉
椎名　誠　風のまつり
椎名　誠　ナマコ
椎名　誠　埠頭三角暗闇市場
島田雅彦　悪貨
島田雅彦　虚人の星
真保裕一　連鎖
真保裕一　取引
真保裕一　震源
真保裕一　盗聴
真保裕一　朽ちた樹々の枝の下で
真保裕一　奪取 (上)(下)
真保裕一　防壁
真保裕一　密告
真保裕一　黄金の島 (上)(下)
真保裕一　発火点
真保裕一　夢の工房
真保裕一　灰色の北壁
真保裕一　覇王の番人 (上)(下)
真保裕一　デパートへ行こう！
真保裕一　アマルフィ〈外交官シリーズ〉
真保裕一　ダイスをころがせ！(上)(下)
真保裕一　天魔ゆく空 (上)(下)
真保裕一　ローカル線で行こう！
真保裕一　遊園地に行こう！
真保裕一　オリンピックへ行こう！
篠田節子　弥勒
篠田節子　転生
篠田節子　竜と流木
重松　清　定年ゴジラ
重松　清　半パン・デイズ
重松　清　流星ワゴン
重松　清　ニッポンの単身赴任
重松　清　愛妻日記
重松　清　青春夜明け前
重松　清　カシオペアの丘で (上)(下)
重松　清　永遠《とわ》を旅する者〈ロストオデッセイ 千年の夢〉
重松　清　かあちゃん
重松　清　十字架
重松　清　峠うどん物語 (上)(下)
重松　清　希望ヶ丘の人びと (上)(下)
重松　清　赤ヘル1975
重松　清　なぎさの媚薬 (上)(下)
重松　清　さすらい猫ノアの伝説
重松　清　ルビィ
柴田よしき　ドント・ストップ・ザ・ダンス
新野剛志　八月のマルクス
新野剛志　美しい家
新野剛志　明日の色
殊能将之　ハサミ男
殊能将之　鏡の中は日曜日
殊能将之　キマイラの新しい城
殊能将之　子どもの王様
首藤瓜於　脳男
首藤瓜於　事故係生稲昇太の多感
島本理生　シルエット
島本理生　リトル・バイ・リトル

講談社文庫　目録

島本理生　生まれる森
島本理生　七緒のために
小路幸也　高く遠く空へ歌ううた
小路幸也　空へ向かう花
小路幸也　スターダストパレード
小路幸也 原案 山田洋次 平松恵美子 小説　家族はつらいよ
小路幸也 原作・脚本 山田洋次 平松恵美子 小説　家族はつらいよ2
小路幸也 原作・脚本 山田洋次 平松恵美子 小説　妻よ薔薇のように〈家族はつらいよⅢ〉
島田律子　私はもう逃げない〈自閉症の弟から教えられたこと〉
辛酸なめ子　女修行
柴崎友香　ドリーマーズ
柴崎友香　パノララ
清水保俊　機長の決断〈日航機墜落の「真実」〉
翔田寛　誘拐児
白石一文　この胸に深々と突き刺さる矢を抜け(上)(下)
白石一文　神秘(上)(下)
小説現代編 石田衣良他著　10分間の官能小説集
小説現代編 勝目梓他著　10分間の官能小説集2
小説現代編 乾くるみ他著　10分間の官能小説集3

朱川湊人　冥《めい》の水底《みなそこ》(上)(下)
柴村仁　夜宵
柴村仁　プシュケの涙
柴田哲孝　クズリ〈ある殺し屋の伝説〉
塩田武士　盤上のアルファ
塩田武士　盤上に散る
塩田武士　女神のタクト
塩田武士　ともにがんばりましょう
塩田武士　罪の声
塩田武士　氷の仮面
芝村凉也　孤《こ》闘《とう》の寂《せき》〈素浪人半四郎百鬼夜行(六)〉
芝村凉也　邂逅の紅蓮〈素浪人半四郎百鬼夜行(七)〉
芝村凉也　終焉の百鬼行〈素浪人半四郎百鬼夜行(八)〉
芝村凉也　追憶の翰《かん》〈素浪人半四郎百鬼夜行(拾遺)〉
真藤順丈　畦と銃
柴崎竜人　三軒茶屋星座館1〈冬のオリオン〉
柴崎竜人　三軒茶屋星座館2〈夏のキグナス〉
柴崎竜人　三軒茶屋星座館3〈春のカリスト〉
柴崎竜人　三軒茶屋星座館4〈秋のアンドロメダ〉

城平京　虚構推理
周木律　眼球堂の殺人〈~The Book~〉
周木律　双孔堂の殺人〈~Double Torus~〉
周木律　五覚堂の殺人〈~Burning Ship~〉
周木律　伽藍堂の殺人〈~Banach-Tarski Paradox~〉
周木律　教会堂の殺人〈~Game Theory~〉
周木律　鏡面堂の殺人〈~Theory of Relativity~〉
周木律　大聖堂の殺人〈~The Books~〉
下村敦史　闇に香る嘘
下村敦史　生還者
下村敦史　叛《はん》徒《と》
下村敦史　失踪者
下村敦史　緑の窓口〈樹木トラブル解決します〉
九把刀 阿井幸作/泉京鹿 訳　あの頃、君を追いかけた
杉本苑子　孤愁の岸(上)(下)
鈴木光司　神々のプロムナード
鈴木英治　大江戸監察医
杉本章子　お狂言師歌吉うきよ暦
杉本章子　大奥二人道成寺〈お狂言師歌吉うきよ暦〉

講談社文庫　目録

杉山文野　ダブルハッピネス
諏訪哲史　アサッテの人
菅野雪虫　天山の巫女《みこ》ソニン(1)　黄金の燕
菅野雪虫　天山の巫女《みこ》ソニン(2)　海の孔雀
菅野雪虫　天山の巫女《みこ》ソニン(3)　朱鳥《あけがらす》の星
菅野雪虫　天山の巫女《みこ》ソニン(4)　夢の白鷺
菅野雪虫　天山の巫女《みこ》ソニン(5)　大地の翼
鈴木大介　ギャングース・ファイル〈家のない少年たち〉
鈴木みき　日帰り登山のススメ〈あした、山へ行こう！〉
瀬戸内寂聴　新寂庵説法　愛なくば
瀬戸内寂聴　人が好き［私の履歴書］
瀬戸内寂聴　白　道
瀬戸内寂聴　寂聴相談室人生道しるべ
瀬戸内寂聴　瀬戸内寂聴の源氏物語
瀬戸内寂聴　愛する能力
瀬戸内寂聴　藤　壺
瀬戸内寂聴　生きることは愛すること
瀬戸内寂聴　寂聴と読む源氏物語
瀬戸内寂聴　月の輪草子

瀬戸内寂聴　新装版　寂庵説法
瀬戸内寂聴　死に支度
瀬戸内寂聴　新装版　蜜と毒
瀬戸内寂聴　新装版　花《か》怨《えん》
瀬戸内寂聴　新装版　祇《ぎ》園女御《おんにょうご》(上)(下)
瀬戸内寂聴　新装版　かの子撩乱
瀬戸内寂聴　新装版　京まんだら(上)(下)
瀬戸内寂聴・訳　源氏物語　巻一《いち》
瀬戸内寂聴・訳　源氏物語　巻二《に》
瀬戸内寂聴・訳　源氏物語　巻三《さん》
瀬戸内寂聴・訳　源氏物語　巻四《し》
瀬戸内寂聴・訳　源氏物語　巻五《ご》
瀬戸内寂聴・訳　源氏物語　巻六《ろく》
瀬戸内寂聴・訳　源氏物語　巻七《しち》
瀬戸内寂聴・訳　源氏物語　巻八《はち》
瀬戸内寂聴・訳　源氏物語　巻九《く》
瀬戸内寂聴・訳　源氏物語　巻十《じゅう》
先崎　学　先崎学の実況！盤外戦
妹尾河童　少年H(上)(下)

瀬尾まいこ　幸福な食卓
関原健夫　がん六回　人生全快
瀬川晶司　泣き虫しょったんの奇跡　完全版〈サラリーマンから将棋のプロへ〉
瀬名秀明　月と太陽
仙川　環《たまき》　幸福の劇薬〈医者探偵・宇賀神晃〉
仙川　環　偽装診療〈医者探偵・宇賀神晃〉
瀬木比呂志　黒い巨塔〈最高裁判所〉
瀬那和章　今日も君は、約束の旅に出る
曽野綾子　新装版　無名碑(上)(下)
三浦朱門　曽野綾子　夫婦のルール
蘇部健一　六枚のとんかつ
蘇部健一　六とん2
蘇部健一　届かぬ想い
曽根圭介　沈底魚
曽根圭介　藁《わら》にもすがる獣たち
曽根圭介　TATSUMAKI〈特命捜査対策室7係〉
田辺聖子　川柳でんでん太鼓
田辺聖子　ひねくれ一茶
田辺聖子　愛の幻滅(上)(下)

2020年9月15日現在